诺贝尔奖
获得者与儿童对话

贝蒂娜·施蒂克尔 编
阿克塞尔·哈克序 张荣昌 译

Bettina Stiekel(Hrsg.)
Mit einem Vorwort von Axel Hacke

Copyright ©2013 by SDX Joint Publishing Company.
All Rights Reserved.
本作品中文版权由生活·读书·新知三联书店所有。
未经许可，不得翻印。

Original title:Kinder fragen,Nobelpreisträger antworten
Copyright © 2001 by Wilhelm Heyne Verlag GmbH & Co.KG,München
Chinese language edition arranged through HERCULES Business & Culture Development GmbH,Germany

图书在版编目(CIP)数据

诺贝尔奖获得者与儿童对话 /(德) 施蒂克尔编; 张荣昌译. —— 3版. —— 北京：生活·读书·新知三联书店, 2013.7（2022.1重印）
ISBN 978-7-108-04521-8

Ⅰ.①诺… Ⅱ.①施… ②张… Ⅲ.①科学知识–少儿读物 Ⅳ.①Z228.1

中国版本图书馆CIP数据核字(2013)第088432号

责任编辑　张艳华
装帧设计　罗　洪
插　　图　金　马
责任印制　董　欢

出版发行　生活·讀書·新知 三联书店
　　　　　（北京市东城区美术馆东街22号）
邮　　编　100010
网　　址　www.sdxjpc.com
图　　字　01-2018-5873
经　　销　新华书店
印　　刷　北京隆昌伟业印刷有限公司
版　　次　2003年7月北京第1版　2005年7月北京第2版
　　　　　2013年7月北京第3版　2022年1月北京第33次印刷
开　　本　720毫米×880毫米 1/16　印张 13.25
字　　数　100千字
印　　数　435,401-455,400册
定　　价　39.00元
（印装查询 01064002715　邮购查询 01084010542）

诺贝尔奖获得者与儿童对话

目 录

1 前 言
阿克塞尔·哈克

1 为什么布丁是软的，石头是硬的？
克劳斯·冯·克利青

9 什么是政治？
西蒙·佩雷斯

19 为什么要有科学家？
约翰·波拉尼

29 为什么有贫穷和富裕？
丹尼尔·麦克法登

39 为什么我不能光吃油炸土豆条？
理查德·罗伯茨

49 我们为什么必须上学？
大江健三郎

59 天空为什么是蓝的？
马里奥·乔斯·莫利纳

69 电话是怎么回事？
盖尔德·宾尼希

79　不久就有两个我吗？
　　埃里克·维绍斯

89　为什么会有战争？
　　埃利·韦瑟尔

96　为什么印第安人不知道疼痛？
　　君特·布洛贝尔

104　妈妈和爸爸为什么必须上班？
　　赖恩哈德·泽尔滕

112　究竟是谁发明了戏剧？
　　达里奥·福

122　空气是什么？
　　保尔·克鲁岑

133　我为什么会生病？
　　乔治·维托尔卡斯

143　为什么树叶是绿的？
　　罗伯特·胡伯尔

151　我如何成为诺贝尔奖获得者？
　　米·谢·戈尔巴乔夫

159　为什么我忘记一些事情，而不忘记另一些事情
　　埃尔温·内尔

169　为什么有男孩儿和女孩儿？
　　尼斯莱因——福尔哈德

179　地球还会转动多久？
　　谢尔顿·格拉肖

188　为什么1+1=2？
　　恩里科·蓬比里

198　感　谢
　　贝蒂娜·施蒂克尔

前言

阿克塞尔·哈克

有时候我的儿子路易斯会突然出其不意地向我提出一个问题，譬如，最近就向我提出这样一个问题："爸爸，你究竟为什么活着？"

我煞费苦心地搜寻着恰当的答话，后来我决定提出反问："那么你以为呢，我为什么活着？"

他皱起他那5岁的额头，迅速闭上眼睛，苦苦地思索了一会儿，然后他慢吞吞地说："为了早晨送我去幼儿园……为了晚上给我朗读故事……为了给我放洗澡水……为了和我玩……"

一种多么美妙、多么富有诗意的生活呀！我感叹着在心中暗想。假如我没有这小路易斯，假如我不能送他去幼儿园，假如晚上我没有时间给他朗读故事，不给他放洗澡水，不和他玩——我的生活就会毫无意义。

"那么你为什么活着呢?"我问他。

"为了玩。"他说。

"嗯,那就让我们玩吧。"我说。

于是我们就玩,或者在前厅玩"爸爸是一匹马",或者踢足球,或者只玩游戏棒——我记不清了。现在这也不重要了。

我想说的就是:第一,儿童总是提出最重大的问题,完全是随随便便提的。哪个成年人会向另一个成年人提出一个像"你究竟为什么活着"这样的问题?严格地讲,这是个最根本的问题。

第二,对这些重大的问题我们往往不知道该如何回答。我怎么会知道,我为什么活着。一早起来连早饭喝咖啡还是喝茶,我都常常不知道。

第三,虽然(或许因为?)我不知道如何回答,随后我们在一起玩。谁知道,假如路易斯没有向我提出这个(或另一个)问题,我们还会不会在一起玩。是这个问题使一些事情得以运转起来。问题是生活的发动机。一个问题被人们提出来并且开始寻找一个答案,仅仅是这个事实就会激起人的幻想。也许我们在一起玩这个事实,甚至就是这个问题的正确答案。

也许我们活着就是为了玩。

世界上提出的第一个问题究竟是什么?谁提出了这第一个问题?

前　言

上帝吗？哦，不对，不是上帝。上帝说话都用感叹号：要有光！水中要有一个天空，让这天空把水分开！天空下的水要聚在一处，使旱地露出来！哦，如此等等。上帝正是这样说话的。

人类吗？啊呀，人很晚才发问。该隐打死了他的弟弟，上帝因此审问他：你的弟弟亚伯在什么地方呢？！这时该隐提出了人类的第一个问题："难道我是专管我弟弟的吗？"这不是一个真正的问题，其实是一个反问。问得很倔强。

不，第一个问题是蛇提出来的，反正我这样认为。

"……它对女人说：上帝说过：'你们不可以吃园里树上的果子！'"《圣经》中在这里虽然缺了个问号，但是毫无疑问，这是一个问题：难道上帝真的说了这句话吗？

后果是人人皆知的。亚当和夏娃吃了禁果便认识到，他们赤身裸体（这一点他们先前不知道），他们不得不离开天堂。所以我们的全部苦难起始于蛇提出的一个问题——虽然如此，可是这里的苦难是什么意思？人们真的想整天在天堂里走来走去，连自己赤身裸体都不想知道吗？

哼！哼！……

总之，人类从此便不再理解这个世界，就必须提问题。我们从哪里来？我们到哪里去？亲爱的，你正在想什么？外面宇宙中还有人吗？您还有一所无人使用的双铺房间吗？为什么雪是白的？它根本就是白的还是看上去是白的？或者，用沃迪·阿伦的话来说：死后有生命吗？如果有的话，它们在那里会有能力换给我一张二十芬尼的邮票吗？

大问题，小问题，愚蠢的问题，聪明的问题，傻问题，好问题，简单的问题，艰深的问题——整个生命充满了问题。当我还是个小男孩的时候，对于我来说，没有比和我父亲在一起玩猜首都游戏更

美好的事情了，即我父亲说一个国家并且问首都叫什么，或者他说一个首都，并问这是哪个国家的首都。答对一个问题得到一角钱奖赏，真是妙极了。

这种游戏（有更高的奖赏）历来就以扩大和变化了的形式在电视里播放，人们称它为答问游戏。从前的提问者是迈格莱恩、黑尔门斯多尔夫或库伦坎普夫，今天是由君特·尧赫提问。德国人愿意被提问。这种问答游戏总是让人觉得含有一种异常有吸引力的东西：可以提问的权力；知道答案的自豪；看人家心神不定、竭力搜寻答案的乐趣；好奇心；求知欲。

人之所以是人，第一是因为他提问题。而第二则是因为他想回答问题。

大问题，小问题，这本奇妙的书里的问题全都是大问题。这类问题儿童会提，成年人也会提，假如这不会令成年人感到难堪，儿童们会以为有些事情成年人也不知道：地球还会转动多久？为什么有战争？为什么印第安人不知道疼痛？为什么我不能光靠吃油炸土豆条维持生命？为什么妈妈和爸爸必须上班？什么是空气？

为了回答这样的大问题，人们最好去问顶尖人物，去问那些必定真正知道这件事情的人；如果事情涉及大问题，那么谁也不会胜过他们。这自然就是诺贝尔奖获得者，因为如果他们不是他们所研究的那个专业的顶尖人物——他们会得诺贝尔奖吗？如果我们不可

以向这些诺贝尔奖获得者提出几个问题,那么我们要他们干什么用?在哪一本别的书里,人们既可以读到对固体物理学基础的一目了然的说明,又可以读到人类博爱这一重大问题的一个清晰的答案?然后,人们还能从中简明扼要地了解,树上的叶子究竟为什么是绿的,而不是蓝的或黑白方格纹的?

孩子们随时随地都会提出这样的问题,光躲闪、反问、玩游戏是不够的。孩子们需要有一个答案,他们有权提问,否则,他们就会在某个时候停止发问。而这确实是能发生的最糟糕的事情:孩子们不再提问题了。

在《小熊哥》里有一段描写,小熊哥来找猫头鹰,因为它有一个问题;他在猫头鹰的门上看到一个门环,门环上有一张纸条,上面写着:

"要得到答复就请拉门铃索。"

有一条门铃拉索,拉索上有一张纸条,上面另外写着:

"如果不要得到答复就敲门。"

小熊哥读完两张纸条之后,又敲门又拉门环,接着他又拉门铃拉索又敲门,最后它大声叫喊:

"猫头鹰!我要得到答复!这里是熊在说话!"

那好吧,这本书就是为这样的时刻准备的:这时某人敲门同时拉门铃索;这时某人坚持要得到答复,而不希望别人敷衍自己。这

前言

是一本供少年儿童阅读的书籍。它也可供成年人阅读——或者供家长与孩子一起阅读。这本书无论如何值得推荐阅读。

因为它就是为此而存在。

对于这些已经提出的问题,目前在全世界大概不会有更好的回答了。

为什么布丁是软的，石头是硬的？

克劳斯·冯·克利青

哼哼，你把一匙布丁往嘴里送的时候，你一定在想：这股绝妙的香草味道会向四下里蔓延开来。从舌尖到腹部你突然都有了这种舒适而柔软的感觉——连咀嚼你都不必咀嚼。但是，你吃点心时，不留神咬着了一颗硬李子核，那情况就完全不一样了。

什么是软，什么是硬——为什么会是这样的？我们物理学家就是研究诸如此类的问题。我们力图说明各种物质的特性是从哪里来的。令人难以置信的是，在整个世界中，我们所见到的、所感觉到的一切物质，都是由大约100种不同的基本粒子组成的。物质之间的差异，其颜色、形态或强度均取决于这些我们称之为元素的基本粒子。你想一想生命的多样性：有白皮肤、黑皮肤或黄皮肤的人，有短的草和高的树，有昆虫、鱼、鸟和哺乳动物——然而使它们得以繁殖的遗传特征却总是由这100种基本粒子的新的组合组成。这一点几乎没有什么人知道——你去问问你的父母。

应该承认：人们得有丰富的想象力，才能想象这样的事情。希腊哲学家和数学家德谟克利特便是最富有想象力的人之一。早在2400年前他就断言，甚至最不同的物质都是由同样的基本粒子组成的。他确信，一定有一个原始微粒，一个最小的微粒。他给这个微粒起了个"á-tomos"的名字。翻译过来就叫：不可分的。但是由于德谟克利特的原子不可见，并且因此而对于大多数人来说一直不可想像，所以人们就把这一理论搁置起来了。

一直到2000年后的17世纪末，著名的英国自然科学家艾萨克·牛顿才开始寻求一种解释：为什么地球和星星都在大的轨道上互相围绕着转动。他计算了很久很久，最后终于找到了可以解释天体一切运动的公式；这就是现代物理学的开端。和德谟克利特的理论不同，他的理论是可以证明的，因为星星是可以看见的，人们可以观察它

们的出没。但即便是牛顿也没能观察到一块石头或一个布丁里面的微小的基本粒子。他完全跟德谟克利特一样，没有料想到在最微小的粒子内部，也存在着类似于巨大星球那样的运动。

今天人们知道，一个原子有一个原子核，电子围绕着原子核转动，就像行星绕着太阳或月亮绕着地球转动那样。我们所知道的最简单的氢原子，它只有一个绕着原子核运动的电子。随着原子核内质子数量增加以及绕着核转动的电子的增加，原子的特性就会起变化：即它们的重量和它们吸引相邻原子的引力发生变化。这就形成

了自然界的标准构件。

你所知道的一切物质,也包括布丁和石头,都由原子组成。这些原子组成群体,这就是分子。然后分别按分子的组成情况,产生不同的化学物质:液体、气体或固体物质——组成我们世界的一切物质。但是为了互相组合在一起,带电子的原子们就先得互相有好感。你可以想象马戏团的两个演员:如果他们自顾自地耍弄好几个球,那么他们的表演就像两个带着飞来飞去的电子的原子。随后,如果他们同时把这些球抛向对方,那么观众就会突然看不清楚哪个球原本是属于哪个人的,就是说两个演员现在必须共同合作来表演。于是物理学家们就说:两个原子带着共同的电子组合成一个分子。

下一步各分子就结合成越来越大的团块。根据这些团块的不同组成,分别又产生了不同的物质。想想布丁吧:如果你将布丁粉搅进牛奶里，牛奶的脂肪和蛋白便和布丁粉浆结合，并像物理学家所说的那样构成分子架。在混合时液体变得越来越稠，因为好几十亿个原子已经发生了新的、更牢固的化合。你可曾想到，你每吃一羹匙布丁，也就等于吃下了许多个小的旋转的电子？

但是为什么我的布丁是软的，现在你终于知道了吧？因为它的分子互相连结得不是很紧密，并且很快便又互相分离。你让你的布丁在室外放置几天，你就会看到，美味、浓稠的布丁只剩下难以下咽的一摊稀泥。

而石头却是硬的。人们得用强力才能粉碎它：譬如将它放进腐蚀酸里，或者将其交替强烈加热，随后又使其冷却、凝结。如果你打碎一块石头，你就会看到石头内部闪闪发光。这是石头的原子，它们已经联结成坚固和有规则的晶格，我们称之为晶体。因为其中的原子互相之间颇有好感，所以它们相互紧挨着并构成一个由几十亿个原子组成的有规律地排列好的阵容。晶体的表面往往十分光滑，并且在光照下闪闪发亮。如果你有一架显微镜，你干脆就看看一颗盐粒。这也是一种晶体。

幸亏我们物理学家不必天天打碎石头，我们能够在实验室里制造出人工的晶体。在这个过程中，会产生出纯净的物质，这些纯净物质在自然界里是根本不存在的。连金刚石也往往不是纯白的，而有一种浅黄或浅蓝色的微小瑕疵。这是由于一个本应由一个原子占

　　有的位置一直空着，或者被一个错误的原子偷偷地溜了进去造成的。在金刚石中，各个原子之间的结合方式十分牢固，致使这种物质的质地特别坚硬。如果同样的这些原子用另一种方式结合，那么它就会形成另一种别的物质。譬如铅笔芯，它虽然跟金刚石一样由相同的原子组成，但是它的结合方式是不牢固的。所以，这些原子与原子之间的结合容易被分开，因而当我们用铅笔写字时，它就会被擦掉晶体，然后在一张纸上留下划痕。

　　但是在我的工作单位，在斯图加特马克斯·普兰克研究所，我们主要研究完全新的物质，我们自己发明这些全新的物质。譬如我们用三层一种原子和五层另一种原子并将它们像一块三明治中的火腿干酪那样摞起来。人们可以在计算机上或者在实际上，用非常专业的器材把这个实验做完。做这个实验的实验室必须极端清洁，以避免导致污染。在我们这里，甚至连空气都经过多重过滤。如果新的物质制成了，人们就能用一台专门的显微镜观察它的内部活动。为了能够看一眼这些粒子，德谟克利特为此不知花费了多大代价。他十分确切地知道，这些粒子存在着，却从未被人们看见过。对于我们来说，这物质一经放在显微镜下进行测试，这真是一个令人激动的时刻。我们开始测试它的各种性能：我们的这些新物质有哪些新的特性，它是坚固的还是易碎的，它是否能导电，它有磁力吗？我们也常常想解决一个具体的问题，譬如我们想发明一种新的飞机油箱，用以盛放一种不污染空气的发动机燃料。

你现在一定想知道，这一切与布丁和石头有什么关系。这关系比你想象的还大！因为就像一块块石头堆积成山那样，我们物理学家能够建造起原子地区。我们使这些原子地区的一些部分像一块石头那样坚硬和不渗透，或者不如说像碗口的边圈，阻挡着电子通过；而原子地区的另一些部分，就像碗里的布丁，松软而有弹性，可以让电子自由地移动。

这些原子地区被安装在微型芯片上，并控制电子仪器。一个微小电子的运动就像一个可以开合电路的开关。你看，看不见的原子和电子今天在做着从前需要巨大的机器才能做得了的工作。这不神奇吗？你家里的许多电器都是这样运转的，连你的CD播放机和洗衣机全都是这样。

今天我们能够拆开并重新组装原子地区，我们称之为毫微工艺。"nano"（毫微）这个希腊词意味着。你想象一下，你将一条一米长的带子分成10个等份。然后你得到10条带子，每条带子1/10米长，即10厘米长。如果你随后将一条这样的带子又分成10份，你就得出厘米。下一次分时就得出毫米，如此等等。如果你总共这样分9次，你就有了毫微米。人们必须把大的物件砍成这样小的小块，人们必须这样精确地进行观察，才能懂得我们所制造的这些新的物质。

分别按照这些物质的组成情况,是比较松弛还是比较紧密——这决定了我们的新材料会不会变得像一份布丁那样松软,还是像一块石头那样坚硬和不可动摇。

笔录:佩特拉·托尔布里茨

克劳斯·冯·克利青(Klaus Von Klitzing),1943年6月28日出生,德国物理学家,他因为发现导电体的电阻在适当条件下呈现量子化而获1985年诺贝尔物理学奖。他任斯图加特市马克斯·普兰克研究所所长。

什么是政治？

西蒙·佩雷斯

先让我们用另一种方式来提这个问题：如果政治不起作用，将会发生什么事情？历史给我们作出了一个清楚而严肃的回答：如果什么时候人们不能够就他们的政治目标达成一致共识，那么什么时候就可能会发生流血事件。他们不是用政治言论而是用武器进行战斗——为了土地，为了金钱和财富，或者直截了当地说，就是为了将来谁拥有支配权。如果政治失灵，那么甚至会发生民族间的冲突，因为他们在一些他们具有不同意见的问题上发生争执：譬如对他们的信仰，或者有关人们将来应该如何生活的观念。人们能够为他们所喜欢的思想牺牲一切，既能牺牲自己的生命，也完全能牺牲别人的、挡住他们去路的人的生命——如果没有人居间调解的话。居间调解是政治的最重要的任务，所以它不可以失败。

因为如果调解失败，那么这很快便涉及生与死，涉及战争与和平。由于错误的政治很快便能忽然变成一场灾难，所以我特别想奉行好的政治。此外，我之所以重视这一点，是因为在我的祖国以色列与我们的邻国约旦、叙利亚、黎巴嫩、埃及，以及巴勒斯坦人的关系中，一直在很大程度上取决于这个问题：我们奉行什么样的政治以避免战争？虽然战争只是在最糟糕的情况下是一种错误的政治的结果，但是，这样你也许就能更好地理解政治为什么重要：它应该促成建立人与人之间、民族与民族之间的友好关系，使之牢固到足以使有争执的问题也能找到共同的解决办法。这样看来，在私人生活

中也可能会有政治。所以在80年前，像著名的德国科学家马克斯·韦伯谈及"一个力求驾驭其丈夫的聪明女人的政治"。我们成年人知道，就是一桩婚姻都难以有一种完美的关系。所以人们很容易就能想象，我们在这里所谈论的政治要艰难得多：这是许多国家之间的政治，是几百万不同的人赖以生存的政治。这么多人的各种愿望当然难以协调一致起来。

所以在政治中总有不相同的意见互相碰撞。对于世界应该是什么样的，每一个政治家都会有自己的想法。由于他完全是因为有某种想法才被选举出来任职的，而他的同事们却追求他们自己的目标，所以他们之间一再有政治纷争。如果来自不同国度的政治家相聚在一起，他们的生活方式和思维方式完全相异，那么情况就会变得特别复杂。不过他们也必须试图取得一个共同的结果。

尽管如此，政治还是常常失灵的，这并不奇怪。尤其是在中东，这里的一切无论怎样都比在你们德国那儿复杂。"为什么？"你会问。因为在这里，在我们居住的地方产生了三大宗教：犹太教、基督教和伊斯兰教，而且它们在政治中起着极其重要的作用。可惜宗教就是这样的：它们几乎不容许任何妥协。每一种宗教都深信，它已经为人类的幸福找到了唯一正确的道路。你们一定要牢牢记住：信仰开始之时，便是理智停止之日。而这在我们这里却是一个特殊的问题：因为我们在政治上最需要的莫过于理智了。

宗教对政治的影响也有其好的方面，因为如果人们信仰上帝，这就会给他们力量，一种共同进步的力量。但是如果人们认为自己的上帝比所有别的上帝更重要，那么这同样的力量也会产生极可怕的后果。尽管如此，我还是对未来充满希望。我坚信，一个人们不再为划定边界而进行战争的时代不久将会到来。我有这个希望，因为我想，政治必须这样起作用——每一个人保持自己的特性，自己的信仰，也保持自己的生活方式，但是依然与自己的邻居和睦相处。如果新的千年给予我们的期望从这里能够得到，那么历史将不再像现在经常发生的那样，不是用血腥的墨水写成，而是用和平条约的绿色墨水写成。为了可以签署尽可能多的和平条约，我们就需要许多好的政治家。

你会问：什么是一个好的政治家？这么说吧：他应该有教养，但尤其应该有好奇心。他不必是他那一个领域里的专家。譬如为了获得成功，一个司法部长不一定非得是个律师，一个教育部长不一定非得是教师。比这重要得多的是，他善于把聪明的、有才干的同事们组织到自己的工作班子中来。他独自拟定目标，并在最后他自己作出决定，但他不是独自一人进行准备，也不是独自一人执行决定。只有当他与那些给他出主意并为他作准备工作的聪明人合作时，他才能成为一个好的政治家，因为政治家们面临的任务是艰巨的。

我们是全体人民的仆人、代言人、使者，在议会里，在政府里，面对别的民族和国家。我知道,我在描述这种责任时,我在说些什么——我已经在以色列政界工作了五十多年。然而每逢我回顾这段历史时,我总是清楚地知道,这几十年里的政治发生了多么大的变化:从前,权力还握在政治家的手中,今天它由群众自己掌握了。无论如何是握在大众传播媒体的手中了。在这期间,每一个进行政治协商的地方都装有扩音器。政治家们在大的会议厅里会面,并不是直接地交谈,而是用麦克风互相对话,电视摄像机把这一切都拍摄下来。就这样,渐渐地是由电视和新闻媒体在搞政治了。这样说并不是过甚其词:我们比它们弱,所以需要更多的顾问和专家,以便我们在搞这种政治时能够有发言权。

　　政治是调解的艺术。我们也必须对整个世界遥远的国家中越来越多的冲突进行调解,我们正当地觉得自己应该过问这些冲突,因为我们不愿意有新的战争。为此人们就需要受过专门训练的、有经

验的政治家，譬如像美国人理查德·霍尔勃洛克这样的政治家，他十分成功地调解了波斯尼亚冲突，或者像丹尼斯·洛斯这样的政治家，他也是美国人，他曾长期试图在中东缔结和平。他们艰难地工作就是为了在敌对的双方之间建立起联系。而这敌对的双方互相不说话，却做好了战争的准备。为了在敌对的各民族之间架设起互相理解的桥梁，耐心是必不可少的。我认识霍尔勃洛克和洛斯本人，他们俩恰好都有这种个性：他们很有耐心。

也许几乎没有哪个政治家像这些很有天才的政治调解人这样深切地了解别人，并能设身处地地为别人着想。虽然我们之中的某些

人渐渐地学会了新的政治才干，但是有一点我们却不可以忽略：政治正在渐渐地失去影响力。我们只要看看联合国就知道了，地球上几乎所有的国家都加入了这个组织。这听起来好听，实际情况却不是这样的，因为仔细一看，聚集在联合国里的国家主要都是这个世界上的穷国。那么富国的代表呢？他们宁可自己呆在一起，在完全不同的地方聚会，譬如在达沃斯的世界经济峰会。

所以谁也不会把联合国秘书长科菲·安南看做是全世界的总统。如果说是什么总统的话，那么他就是这个地球上穷国的、受苦受难的人民的总统，而绝不是富国的总统。可惜情况就是这样的。如果说有一样东西可以在世界范围内有决定权，那么这便是经济。各大企业集团用它们所作出的决断，规定了世界事务在什么框架内进行。

在这方面,连联合国也比不上。

但是,即使政治的影响在消减,这也不意味着我们可以放弃政治。相反,它必须在穷国和富国居间调解;它必须设法使财富得以公正分配;它必须做出努力,总有一天让所有的人都得到同样的机会,实现他们的人生目标。

不过现在再次回到政治冲突的热点上来吧。为了避免严重的流血冲突,政治家们绝不可以放弃其努力,务必力求找到和平解决的途径。我想用巴勒斯坦—以色列争端这个例子来向你们解释这件事:说白了,问题的关键是,两个民族面对的只有一块土地。犹太人和巴勒斯坦人争夺同样的一小块土地,这块地方跟你们德国的黑森州一样大。解决这场重大纷争所增加的困难是,两个民族中的每一个民族都有着各自的宗教信仰(一方信仰犹太教,另一方信仰伊斯兰教),他们讲各自的语言(希伯来语和阿拉伯语),有着各自的历史。但是两个民族都想使自己获得同样的东西:独立和安全。

那么我干些什么?我把在这场冲突中找到公正的政治解决办法看做是自己的任务。我的想法是这样的:让巴勒斯坦人得到百分之百的自由,让犹太人得到百分之百的安全。不完全满足这些愿望,我想,就不会有真正的和平。"但是为什么,"你们也许会问,"为什么以色列人和巴勒斯坦人不能干脆就共同生活在一个国家里?"因为这太危险了。你们看看科索沃吧:那儿的阿尔巴尼亚人和塞尔维亚人居住在一个国家里，却不能在一起共同生活。他们互相厮杀，他们都想互相统治或驱逐，一直到今天。因为我们的情况跟这很相似，所以对于以色列人和巴勒斯坦人来说，还是分开住在两个有固定边界的国家里的好。

最后我还想说明一下，政治家们有多大的差异。在近二百年里有两位重要的人物：一位是法国人拿破仑；一位是印度人甘地。从他们的身上我们可以特别清楚地看到这一点：拿破仑有惊人的统治才能，但是他首先是一名斗士，所以他会杀人。甘地跟他截然相反。他向世界证明了，人们能够不用暴力来达到重大的政治目标。比较一下这两个人，可以看出他们代表了两种完全不同的政治原则——拿破仑代表战争和暴力，甘地代表和平。从长远来看，谁会更强烈地影响历史呢？当然是甘地，因为每一个人都清楚地知道，人们不应该互相屠杀，而是应该以不使用暴力的方法来解决别人的困难。

所以，甘地这位伟大的和平政治家是我的榜样。如果我的孙儿们问我，他们自己如何才能成为和平政治家，我就会说："永远睁大你们的眼睛。别被你们所看到的痛苦和灾难吓住了。你们必须使自己明了，大多数人都十分喜欢回忆往事：他们向后看，不是向前看。但是只有把目光投向未来，人们才能重新安排和改造世界。当然，你们不应该忘记过去，但是你们要有勇气希望得到点什么，你们可以想像这个世界，你们最希望世界成为什么样子。为此而经受一切

艰难困苦也都是值得的。你们要永远忠于你们的理想,不要因失败和挫折而泄气,不要因绝望和恐惧而气馁。你们要永远像你们自己那样平凡,永远像你们的愿望那样伟大。"

最后我会劝我的孙儿们:"人们有权梦想,就像他们有权吃和喝。让你们的想象力驰骋起来吧,你们不久就会意识到,人们看到、觉察到你们了:'这是一个知道自己要干什么的人。一个把目光投向未来的人!'"

笔录:纳奥米·布比斯

西蒙·佩雷斯(Shimon Peres),1923年8月15日出生。以色列政治家。因为他的中东政策和基茨夏克·拉宾及亚西尔·阿拉法特共同获得1994年诺贝尔和平奖。1997年他建立佩雷斯和平研究所,并从此完全献身于他的祖国以色列的和平进程。2001年3月,他被任命为外交部长和副总理。

为什么要有科学家？

约翰·波拉尼

我根本就说不清楚，我为什么在小时候就对科学这么感兴趣。也许是因为我总是喜欢提问题吧。每一个小孩每天都要问一百遍："为什么？"人和动物一样，天生就有好奇心。婴儿好奇，狗和猫也好奇。我们都觉得，在锁住的纸板箱里或石头下面会藏着什么东西，总想去瞧一瞧，去发现些什么东西。这是一件很有吸引力的事情。只要家里的一扇门嘎吱一响，大家便立刻猜起谜来了：谁来了？我们的母亲？我们的兄弟？每一个人的问题都希望不断地得到解释。我们科学家不说"解释"，我们说"理论"。

但是我们为什么是这样的？为什么我们总是想知道一个原因？为什么我们需要一种理论来说明一切事物？大约在三千年前，科学家的榜样、希腊人苏格拉底就对他为什么当哲学家这一问题回

答说,他必须"研究自己和所有其他的人",否则他的生命就没有意义。

首先,每一个人都觉得自己周围的现实是乱七八糟的,对各种事物都有着各种不同的印象,如阳光、热量、树叶沙沙地作响。只要我们在这个世界上,我们就会想出一些故事,把这些看似互相毫无关联的图像和感觉整理好。我们自然科学家讲的这种故事只是许多种故事中的一种——别人则以童话、戏剧、长篇小说或诗歌的形式讲述故事。在我们的研究人员所讲述的故事中,问题常常涉及一种事物如何完全出其不意地和另一种完全不同的事物有关联。举一个例子:没有太阳的热射线就吹不起凉风来。还有:没有太阳和风,绿色的树叶和树就没有生命力。

和所有的好故事一样,太阳、风和树的故事也有一种清晰的形态:圆圈儿的形态。你是知道的,人和动物——也包括你和我——都吸入植物放出的氧气。反过来我们大家又呼出二氧化碳,而植物需要二氧化碳。植物养活我们,我们养活植物。大自然巧妙地形成了这种循环,这将会永远循环往复下去。但前提是我们人类不能过多地去干预这种循环。你想象一下吧,如果我们把地球上的全部森林都砍伐光,这不仅会毁掉全部树木,我们同时也就没有了与生命攸关的氧气。如果我们破坏了这个平衡,植物和我们双方都会受到损害。

那么，这就是一个自然科学家所要做的事情吗？整天讲故事并为我们天天经历的所有这些事物寻找一种内在的联系？从根本上来说是的。但是我们的工作还有另外几项内容，它们同样重要，它们带给我们很多的乐趣。

为什么偏偏是我的工作给我带来这么多的乐趣？因为它包含着神奇的力量，这种力量一再激励着我们研究人员做出了不起的成绩。我这并不是想说，我们会耍魔术，因为我们的能力也是有限度的。这使我想起了一群瑞典学生的来信，我在获得诺贝尔化学奖之后的不久，收到了这封来信："亲爱的教授先生，衷心地祝贺您获奖。我们是正在学习化学课程的学生，我们有一个请求：您能不能到我们这儿来一下，把我们的学校炸毁？"对于这些孩子来说，我都成了一个魔术师了，我可以炸毁他们的学校，为他们解闷。但是，其实我在谈到科学的魔力时，我指的是别的东西：这就是数字的魔力。科学是研究人们用某种方法能够数数或计算的东西。譬如，如果让一个科学家来描述你这个人，他就不会说，你好看或诚实，而是说你身高 1.50 米，体重 45 公斤。

现在你也许猜想到了，这些瑞典学生为什么一定要我将他们的学校炸毁。我们描述一个人的方式是极其无聊的。但是它有一个好处：它可以讲述某些绝不可能被人们讲述的故事。譬如有一种我们称之为算术的方法，我们用这种方法虽然不能说出你的同班同学的相貌，

但是却可以使我们知道你们的平均身高和体重。你看到了：一方面数字限制我们——譬如尽管有这么多的数字，我却无法对你那有感染力的笑声作出任何说明；另一方面这些数字却增加了我们所作的陈述的精确性。我们自然科学家不说："我的父亲长着一双大脚，"而是说："我的父亲穿52号鞋。"或者让我们举阿尔伯特·爱因斯坦为例。假如爱因斯坦只说，我们称之为质量的东西（某种东西有多重）与某种别的我们称之为能量（一种运动的名称）的东西有关联，那么这听起来虽然很好听，可是，实际上并没有多大用处。然而，由于爱因斯坦通过计算向我们说明了，某一种小的质量能生产出某一种极大的能量来，他也就说出了某种我们能够理解的东西。也许你已经在什么地方听说过著名的"相对论"？我谈的就是这个"相对论"。爱因斯坦的理论百分之一百的正确。所以在很短的时间内，许许多多的科学家能够用他的计算方法进行工作，并且产生种种想法，去证明这一理论，这样就改变了世界。

"相对论"首先给我们带来了一种可以炸毁东西的新方法：科学家们研制了原子弹，我们之所以这样称呼它，是因为它把原子核的质量变成能量，并将其当作武器使用。所以研究可能带来极严重的后果——我以后还要再谈到这个问题。同样，把原子核的质量变成能量的技术，也向我们揭示了用极少量的铀生产出大量电能的途径。这将极大地缓解我们日常生活中用电紧张的矛盾。然而这又有另外一种危险，因为原子能（核）发电厂也会爆炸，就像切尔诺贝利核电站那样。但是在某一个时候，我们定将能够从几滴水中提取一些物质，使之产生出大得多的能量——而其危险性则小得多。科学家们还正在研究一台这样的机器，一个聚变反应堆；这只是一个时间问题，科学家们终将会获得成功。

既然我们谈到科学有时会有危险，那么我们也必须考虑，我们如何才能预防这种危险，我们如何确保我们的工作不造成任何严重的后果。我已经说过，我们科学家被某些人当作魔术师。人们已经可以想象，我们就像童话里的魔术师，再也不能停止我们自己的魔术。在正常的情况下，科学会告诉我们一些关于自然界的情况：月亮为什么时而弯月，时而半月，时而满月？为什么住在地球底面的澳大利亚居民不会摔下来？为什么没有人会长成10米高？我们往往十分机智地去寻找这些问题的答案，所以它们就把我们引向新的、更机智的提问，并引出更机智的答案。

所以当我们谈到对科学的监控时，问题并不在于停止研究，而只在于你和我用新的知识干什么事情。我们是利用爱因斯坦关于把质量变成能量的知识去制造原子弹，并用它们去杀人，还是利用这种知识，使人们的生活过得更加轻松、愉快？作出这个决定的，不只是科学家，而是整个社会，是政治家们，是所有的人们。噢，当然儿童除外，因为你们必须先学习，了解世界如何正常运转，然后你们才可以对应该改变世界上的什么作出决定。

科学家们能够帮助以及向儿童们和所有的其他人解释世界并改造世界。几百年以来，他们一直认为，发现真理比谁发现这个问题更重要。这并不意味着科学家就不互相争辩了——他们像疯了似的争辩。每一个人都想成为下一个诺贝尔奖得主。更为有趣的是，我们之中没有一个人会保守自己的知识：大家分享它，并且相互支持，不管他们来自哪个国家，或者他们信仰哪个上帝。所有科学家的国际共同体有着神圣的使命；我是其中的一员，这是我的莫大光荣。

我因从事研究工作而得到报酬。即使有时候看起来我似乎在玩耍。譬如我有一个最新的玩具，它是一台机器，我用它来拨弄分子。

我用一束激光射线瞄准分子，一群紧密地联系在一起的原子；这时我能看到，这些原子如何作出反应：原子一个接着一个地脱离群体并组成新的分子。令人气恼的是，这件玩具已经花了我相当多的精力。因为在大多数日子里，它根本就不灵！它相当地令人气恼，尤其是因为人们要求我不断地发现新东西，如果我要继续当研究人员的话——而这是我无论如何一定要当的！

所以你可以想象，当这台痴呆的机器终于做完了它该做的事情的时候，当我的大学生们和我，有一天能够看上一眼，某种迄今还没有哪个人曾经见过的东西的时候，我会多么的激动。我们顿时会联想到，一个像克里斯托夫·哥伦布这样的发现者，在他海上航行了几个月之后，突然又看见了陆地，他一定也曾感觉到巨大的快乐及巨大的欣慰。当我们将我们的分子拆开并又组合在一起的时候，我们将和哥伦布有着同样的感觉。

也许你现在会问我：人们如何才能成为一个研究人员？最重要的是：你必须要有极强烈的愿望！具有非凡的才干和独具个性的人才能成为科学家，但是科学家们都有一个共同点：他们充满热情、全力以赴地进行研究。

如果你现在害怕这些豪情满怀的科学家们，会在今后几年的时间里，把有待于发现的一切都发现了，到头来没有任何东西可让你去发现了，那么我可以让你放心：我们今天所知道的事物，只是我

们必须发现的事物中的极其微小的一部分。在人、动物和植物的细胞核里，在原子的内部和在宇宙的边缘，有许多新的"世界"正在等待着人们去发现。也许你就是发现者吧。

> 约翰·波拉尼(John C.Polanyi)，1929年1月23日出生。加拿大化学家和教育家。他因为研究化学反应动力学而获得1986年诺贝尔化学奖。他在加拿大多伦多大学从事教学工作。

为什么有贫穷和富裕？

丹尼尔·麦克法登

有些人比别人更有钱——你们一定会经常注意到这一点。你们的一些同学乘坐豪华轿车上学，而别的同学则必须乘坐公共汽车上学。一些人穿名牌衣服，而另一些人则穿破旧衣服。一些人有昂贵的玩具，而你自己很想拥有这些玩具，可是你们的父母不愿意给你们买，也许是因为他们买不起吧？

我年轻时完全清楚地知道，自己拥有的物品比许多别的孩子少得多。我的家很穷——在加利福尼亚北部，我们的农民家里连电都没有。可是我的父母并不因为穷而感到害臊，相反他们不喜欢富人。太多的钱——他们对此深信不疑——败坏品性。他们教我懂得，生活中存在着比拥有一辆崭新的自行车更重要的东西。所以，我是在没有一定要致富的愿望的支配下长大的。现在的情况则是，由于我的职业——我是一所大学的经济学教授——我能够生活得相当舒适。然而我参与了研究：在我们的社会里，财富是如何获得的，又是如何分配的。我的研究却更加地使我对我父母当初的教诲深信不疑。

我一开始就说明这一层意思，因为我认为，如果你们考虑为什么有贫穷和富裕这个问题，你们就无论如何必须懂得这一点。许多人以为，钱能够解决一切问题。他们钦佩像比尔·盖茨这样的亿万富翁，并在暗地里希望自己在银行里，也有这么一大笔存款。也许更有甚者，他们居然认为穷人是劣等人。然而这却是错误的。人们不可以根据人的钱袋，而是只可以根据其品性和人格来评价人。譬如，艺术家和社会救济机构的工作人员，完全自觉地选择一种并不

能让他们特别能多挣钱的职业，原因很简单，因为这种工作给他们带来乐趣。我常常发现，这样的人比那些总是只追逐金钱的人更幸福。变富是不是根本就值得追求，这是一个必须由你们长大之后再作出的决断。

然而，即使我们根本就不想变富裕，我们当然还是要考虑，为什么有贫穷和富裕。也许你们已经见过一个无家可归者，你们曾想：这个人为什么不得不流浪街头？他睡在哪儿？他在哪儿得到一些吃的？或者电视里有一篇来自非洲的报道：那里的许多人简直一贫如洗。为什么他们的日子过得这么坏？这是怎么回事？

一个人是贫穷还是富裕，这首先是一件碰运气的事情。如果人们有幸地在一个像德国这样的富裕国家里长大，那么人们的日子就会过得很好——无论如何会比非洲的儿童过得好。此外，也许你们幸运地有这样的父母：他们有一所漂亮的房屋，有一座花园，可以带着你们到海边去度假。也许有一天，你们还会继承你们的父母积聚起来的财产——这将意味着，你们得到许多钱，但你们却并不曾为此做了什么事情。你们瞧：一切都纯粹是碰运气的事。

在非洲许多人穷得连肚子都吃不饱。在大多数情况下，这些人对此无能为力。贫穷常常因战争而产生；正常的经济过程被破坏，人们不再能够从事职业活动，因为，譬如他们正在逃亡途中。然而，即使在和平时期，在非洲挣钱也会是很艰难的事情：譬如在许多国

家很少下雨,田地里几乎什么庄稼也长不起来。穷苦农民的孩子们几乎没有任何别的出路,只有自己成为贫苦农民这一条路。跟继承财富一样,人们也能继承贫穷。

也许你们也有好运,生下来就有一种特殊的才能。譬如,如果你们踢足球能踢得很棒,你们也许就能挣许多、许多的钱。有非凡才能的人往往比那些没有这样的才能的人富有。然而,人们如果生活在非洲,也许永远也不会有机会发展这些才能。你们可能是最了不起的足球运动员或数学天才——可是你们仍然贫穷,因为没有人发现你们的才干。

还有这样一种机遇:受到良好的教育和发展自己的才能的机会。有时候你们一定宁可做点别的事情,也不肯去上学。于是你们的父母就说上学确实重要,你们却不相信他们的话。可是他们说得对。你们在德国上学,这是一大特权。你们受到的教育,比在许多别的国家里好得多。受过良好教育的人通常挣钱多并能富裕起来。在你们一生中的某个时候会出现这样的时刻:从此以后,所发生的事情就不再仅仅是一个碰运气的问题。到那时候,你们就会通过选择一种带来或多或少收入的职业,使自己过上富裕的生活。

基本上有三种获得收入的可能性:第一种,也是最重要的收入来源:人们把自己的劳动力出卖给另一个人。如果人们当上了汽车机械师、医生或教授,那么人们就会为这一职业活动而得到报酬。

对于大多数人来说，这是主要的收入来源。他们因出卖自己的劳动力而得到的这笔款项，决定了他们富裕的程度。第二种收入来源是，拥有某种具有生产价值的东西，譬如一辆载重汽车，人们可以把它租给一家正在建造一所房屋的建筑公司。于是人们就得到租金，这也是一种收入，所根据的事实是，人们拥有这辆载重汽车。获得财富和收入的第三种主要来源，则是人们天生所具有的企业家的才能。他们发明新的事物并建立新的公司，以便出售这些产品。你们看看比尔·盖茨，他富裕，因为他的公司提供了一种新型产品，这种产品已经证明，他是极其成功的。对于一个年轻人来说，革新也许是最令人兴奋的机会之一。人们并不是非得是个计算机迷不可。如果

你们想到了一个更好的可能性，可以把商品放到一家超市的货架上，并且能够让别人使用你们的方法，那么你们自己就能凭着这样一种完全正常的手段使自己富起来。

我清楚地知道，这些获取收入的可能性，对于某些人来说很管用，但是对于另一些人来说，却根本不管用。即使在一个像德国这样的富裕国家里，也总是有相当贫穷的人。其原因有时是因为疾病，有时也因为人缺乏意志力，或者没有自我约束力。有些人吸食毒品，从而使自己失去了过正常生活和获得好收入的可能性。但是也有一大批失业的人，他们学会了一种职业技能并愿意工作——可是还是找不到工作。问问你们的父母，他们是不是认识某个失业的人。已经有比你们想象中的更多的人，不得不经历这种艰难困苦。

也许你们以为，这是不公正的。在这方面我只能同意你们的看法。但是可惜这种状况几乎无法改变——我们的世界就是不公正的，就是这么回事。我知道，这个事实难以让人接受。但是在这个问题上，我们不能自欺欺人：在好几千年里，人类一直没有发明可以平均分配财富、不让产生穷人的经济制度。人们称德国、美国，以及在许多别的国家的经济制度为市场经济。这就是说，各公司能够制造它们想制造的产品，人们可以自由购买他们想购买的商品。经济不受政府，而是受市场自己调节。这个制度运转良好，因为人们力求实现他们自己的利益。如果传说某种产品有用，那么某个人很可能也就会去制造这种产品。一个例子：如果突然大家都想买足球，商店里的足球脱销了，很可能有些人就会很快地生产出新的足球，以满足增长的需求。他们会这样做，因为他们生产足球能够赚大钱。

市场经济有许多优点。大部分的主动权都掌握在人们自己的手中。如果一个人不喜欢一种产品，他就可以不买它。但是市场经济

也有缺点。最大的缺点就是，它并不是对所有的人都公正。市场经济不保护人免受命运的打击。某些工人受雇于某一个工业部门，他们很有事业心，很勤奋。然而，如果这个工业部门，由于整个制度中的某个原因而破产了，他们便失去其工作岗位。这是不公正的，可是这样的事一再发生。这是市场经济的消极面。

现在也许你们在想：所有这些诺贝尔奖获得者就不能坐在一起，发明一个真正公正的制度？一个没有穷人的制度？唔，计划经济的制度正是要解决这个问题的。这个词儿也许你们已经听说过。在其后面的想法是：大家共同决定财富如何分配，每一个人都是为公众谋利益的。这听起来很好，对不对？在俄罗斯，人们已经实践了70年之久的计划经济制度，然而在1990年，(前)苏联的经济崩溃了。这个计划经济的制度干脆就不灵了。计划经济制度的崩溃证明了它有两个大问题。第一，在计划经济制度中的个人不像在市场经济中那样，有一种直接的和强有力的工作动力。即使这个制度也强调关心别人，但是，如果这些工作不能给人们带来直接的利益的话，也难以让人们早晨一起来就埋头苦干。不管这多么可悲：我相信，这是人的本性。

另一个问题是财富分配问题。说是大家共同决定这些事务，这听起来很好听；然而在实践中，人们却需要一种官僚机构，以便作出这些决定。历史已经表明，公众对受到这个官僚机构冷遇，感到厌烦而奋起反抗。此外，这种制度中的官僚机构不像个别人那样，可以自己拥有各种信息，同时拥有实现个人欲望的动力。如果我关心我自己的欲望，那么我就确实有一种动力，设法使我得到我想得到的东西。如果我喜欢吃粗麦面包而不喜欢吃白面包，那么对我来说，就会有一种动力，我就会走出去，寻找粗麦面包。然而，如果由中央官僚机构控制财富分配，那么这个官僚机构就无从领悟，它应该给我的是粗麦面包而不是白面包。

所以，看来这完全好像只剩下市场经济可供选择了。尽管市场经济有着种种缺点，这仍然还是迄今人类所想出来的最好的经济制度。但是你们也应该明白，财富分配不是吃甜食。这是一件艰难的事情，简直是一场战斗。人们有着不同的利益，他们互相竞争，这就意味着有赢家和输家——有富人和穷人。像德国这样的有政府补贴的社会市场经济，它们为过于倒霉的人编织了一种安全网。政府能够设法使穷人不至于太穷。我想，文明国家对那些陷入社会困境中的人照顾得相当好。

税收用以确保让穷人的日子不至于太难过。然而，如果人们利用这税收政策，以设法让所有的人，达到同样的生活水平，那么，使市场经济启动起来的全部动力将被一扫而光。勤奋工作、受过良好教育和迅速发展其才能的人，这些人需要这样的动力：能够得到更高的收入。但是如果根本不管工作还是不工作，人们都会拥有一份稳定的收入，那么许多人就会不再这么勤奋工作，或者根本就不工作了。

我希望你们不会感到失望。噢，因为现在已经到了这篇文章结尾的时候了。我曾打算解释为什么有贫穷和富裕，可是最终却归结为一句话："世界是不公正的。"从根本上来说，我们人类是自私的，我们首先想到我们自己，以后也许会想到别人。当我用我的道德标准来衡量我自己的生活方式时，这种情况就特别地引起我的注意。我看到人们开着豪华轿车，建造奢华的住宅，而那里却有许多人还很穷很穷，这让我感到悲哀。但是我必须承认，我自己同样也有一幢相当可爱的住宅和一辆相当大的轿车。我一再想，假如我不富裕，我恐怕不会介意这种事情。但是在这一点上，我对自己并不完全有把握。

笔录：约汉尼斯·韦希特尔

丹尼尔·麦克法登(Daniel Mcfadden)，1937年7月29日出生。美国经济学家。他因为提出"暗示选择"理论而和詹姆斯·赫克曼共同获得2000年诺贝尔经济学奖。譬如用他的理论能够预言，如果较大的一群居民只有一些有限行为选择的可能性，他们会采取什么态度。他在美国伯克利加利福尼亚大学从事教学工作。

为什么我不能光吃油炸土豆条?

理查德·罗伯茨

在 16 世纪,当西班牙人占领印加帝国时,他们不仅在安第斯山脉的南美印第安人那儿找到了许多黄金,而且还找到了一种植物——它的块茎是可以吃的——土豆。今天土豆已经传遍全世界。土豆和大米、小麦、玉米一样,是人类最宝贵的食粮之一。艺术家们描绘它,诗人们赞美它,人们为它建立纪念碑,甚至在法耳茨地区建立了一个土豆博物馆。在困难时期,许多人由于有土豆吃,因此才得以幸存。既然如此——你在想——为什么妈妈和爸爸反对我们每天只吃油炸土豆条呢,这是用土豆做的呀?每一家小吃店的饭菜中,都有油炸土豆条。

问题是,人们对土豆做了些什么处理,才使它们成为松脆的、金黄色的土豆条摆在了你的盘子里。小吃店从公司将土豆买来之前,

这些公司已经在大工厂里将土豆削皮,切条,将土豆条用油预先烧好,并将其冷藏。后来,它们到了小吃店里经过解冻,接着放在往往是曾经反复使用过许多次的油里煎炸,而且通常被放上太多的盐。如果烹调得不精致,那么油炸土豆条就很不新鲜。这样,它可能根本就不是特别好的食物。即使你在它上面抹多少番茄酱,丝毫也改变不了它的状况。

但是,什么是良好的营养,你的身体需要些什么,它才会生长,并做一切它该做的事情?究竟什么是健康的饮食?你从经验会得知:你若吞食了大量冰激凌或巧克力,你的胃就会造反——你肚子痛,最糟糕时,你甚至还会呕吐。所以人们吃一种食物,不可以吃得太多。人们还必须喝很多水,因为人的身体大约2/3由水组成。不喝水,人们几乎活不了一个星期。最后可以肯定的是,每一个人必须吃许多不同的维生素、矿物质、蛋白质、脂肪和碳水化合物。长期缺乏这些合理的营养成分,体内的一些器官,就会出现严重故障,你就会得病。

每一种营养需要多少才是合理的呢?这个问题不可能有适用于所有人的答案,这是很清楚的:一个婴儿需要的营养,不同于一个成年人,而一名优秀运动员需要的营养,也不同于一个老年人。然而,即使是两个同样年龄、同样身高的男孩,也不一定需要等量的营养。因为,正如你所知道的,每一个人身体的特性都取决于身体的基因。

这些基因在每一个人的身上都是不同的。有的人对营养的吸收很彻底。我们说,这些人新陈代谢比较快。有的人虽然吃得并不比别人多,但很快就发胖,他们仅仅是消化得比较慢而已。

由于没有人确切地知道,基因如何加快或放慢新陈代谢,而且营养学专家们往往意见完全不一样,最好的办法还是一直听听你的

身体说些什么,并记住每一个人都知道的这句话:首先别吃得太多。你需要的营养比你想象的少。究竟需要多少,你的胃会"告诉"你——它饿了,就会咕噜咕噜叫,胃里的东西太多,它就会发胀。你要经常变换食物。有些食物含有特别多的某种维生素,譬如胡萝卜。胡萝卜里有β胡萝卜素,这是一种会在体内变成维他命A的物质。而别的精美食品里,则含有许多专门的蛋白质(Protein),人们在德语中也说蛋白(Eiweiβ)。譬如鱼,它含有特别容易消化的蛋白。如果你每天的饭食中有素菜或鱼,也许还有水果或生菜,这就不坏。

现在你一定想知道，为什么只吃油炸土豆条就一定会糟糕？很简单，你很快就会缺乏某些重要的营养。让我们从维生素说起。身体不需要很多维生素，但往往不能自己制造出来。土豆主要含有维生素C，但是几乎不含别的维生素。譬如它不含维生素K。你流血时，这种维生素K就会结成一层痂皮，使出血停止。再譬如，它不含维生素A。但维生素A是必不可少的，它可以使我们的眼睛保持正常的功能。缺乏维生素A，在夜晚人们的视力就会比别人差。长此以往，甚至会导致失明。非洲的许多儿童就患有这种病。

如果你只吃油炸土豆条，渐渐地你的牙齿也会变坏，你的骨质会疏松，因为土豆里含的钙元素太少。但是你的骨骼终生都需要补充新的钙，不仅是你还在成长的过程需要它。此外，大量的土豆条还会供给你太多的钠，正如我方才所提及的，它们往往被放上太多的盐，而在食盐中则含有钠。身体内钠的含量适宜，这对身体至关重要，因为体内钠的含量太少，人就不能很好地调节自己的体温——但是体内钠的含量太多，则会导致高血压。

油炸土豆条中只含有少量蛋白质。蛋白质具有重要意义。它们是真正的生命支柱。构成一切生物要素的细胞，绝大部分由蛋白质组成。没有蛋白质，你就会没有肌肉。特殊的蛋白质，所谓的酶——关于酶，我马上还要再给你多讲讲——起着调节新陈代谢的作用。但是，不管怎么说，土豆条给身体提供能量，因为土豆含有许多属于碳水化合物群的淀粉。碳水化合物群对于人的有机组织来说，是重要的能量提供者。

身体究竟是怎样从养料中提取它所需要的成分的？现在你也许会这样问，这种新陈代谢如何进行？你可以设想，你有一幢雄伟的砖瓦楼房，你想将它改建成别的房屋。你怎么办？你将这所房子拆卸下一块块砖，然后你可以将这些砖重新砌起来，你想怎么砌就怎么砌。体内的新陈代谢也是这样进行的。人们所吃的一切，几乎都在体内一步一步地变小。首先通过牙齿，然后主要通过化学反应。

为了能够更好地想象化学反应是什么，请你回忆一下这本书的第一篇文章。你在那里能够学习到：自然界中所有的物质，最终都由微小的原子组成，这些原子们十分频繁地结合成分子。譬如在一个食盐分子中，有一个钠原子和一个氯原子。所以化学家称食盐为氯化钠。分子们也喜欢联合成更大的分子。蛋白质是这样的大分子的一个好榜样。它们由较小的分子，所谓的氨基酸组成。氨基酸相互连接的不同状况，便产生出不同的蛋白质。

如果两个原子相匹配的话，一个原子就能与另一个原子结合；有时它们紧跟着一个分子——就像你可以把一块砖砌在你的新房的一段墙上。反过来原子之间或分子之间的结合也可以裂开。跟你可以把这块砖重新从房屋墙上卸走完全一样。分子（你的养料的组成部分）的这种修建、拆建和改建，在体内不间断地进行着。为了让它们进行，为了让新陈代谢正常运转，当然就必须满足某些特定的条件。为此身体需要许多水和能量。身体主要从脂肪或碳水化合物中吸取它们。此外，只有有了所提及的酶，新陈代谢才能正常地进行。如同我们化学家们所说的，酶是催化剂。这就是说，它们推动化学反应，在我们的大致37度的体温状态下，没有这些酶的帮助，这些化学反应是不可能发生的。

当你吃水果或蔬菜的时候，你可能不会想到，你吃的是分子，即所谓的"砖"。你所吃的菠菜叶子、鲜嫩的芦笋或草莓果实，这一切都是植物的组成部分。它们，你自己也一样，都是由许多不同的"砖"修建起来的。这些一个一个的组成部分，就是你的身体用来组成心脏、肺、胃、骨骼、头发或皮肤的原材料。譬如身体从植物或动物的蛋白质中获取氨基酸，并用它们制造出别的、新的蛋白质。

还是回过头来谈谈新陈代谢的过程，你的身体便是在这个过程中，吸取它所需要的各种养料的。这个过程从嘴开始：当你往自己的嘴里塞进一根土豆条时，你便首先用你的牙齿，把它嚼成较大的碎屑，并用唾液搅和它。口涎里含有酶，这些酶便立刻开始工作。它先把大分子们弄松散，然后土豆糊便滑进胃里，这时很强的酸和更多的酶在等候着继续分解这些养料，直至它们被分解到极小，小到足以让身体吸收它们，才被送达到身体的各个目标。

但是营养糊里的酶如何识别真正的养料呢？现在你也许会这

样想。你知道，酶是特殊的蛋白质，而所有的蛋白质则都由氨基酸组成。所以酶也由互相连接成长链的氨基酸组成。这些链又起皱，并构成小口袋。适合进入这些口袋的，恰恰就是酶负责对其进行加工的那些化学物质。让我举消化淀粉这个例子来说明这一点：油炸土豆条的淀粉在你的体内转变成糖，有机体则从这些糖中获得能量。一种糖进入主管的酶的口袋，它就像被夹在虎钳上那样，被夹在里面；酶就能够开始将单个的原子"拧开"。如同我们专业人员所说的那样，酶分裂糖分子的各原子间的键。这时原子键中的能量就被释放出来。

你当然知道，我们的消化不只是在胃中进行。在从嘴经过胃和小肠至大肠的整个道路上，养料一直处于被加工之中。像在一条流水线上的作业那样，在每一个路段中，都有蛋白质和别的辅助物，它们时刻准备着将营养糊中的某些有价值的物质过滤出来。不能被人体内吸收的东西，通过粪便被排泄出去。而能吸收的东西，则被输送到身体需要它们的地方。蛋白质同样也参与这一运输过程。在消化道的壁上附着所谓的上皮细胞。它们含有蛋白质，这些蛋白质像酶那样具有"口袋"，它能辨认出氨基酸或维生素。但是，这时分子们在口袋里就不被"拧开"或分解，而是——像在一场接力赛跑中那样——被传递。各种物质便以这样的方式，渐渐地进入你的细胞或直接进入血液里。血液循环对于较远的距离输送尤其重要，因为血液不仅输送氧气和养料，而且也输送很多别的重要的物质，譬如抵抗疾病的抗体。

从前人们主要担心凶恶的细菌，它们会使我们得病。然而，今天我们还知道，体内的一些细菌也对我们有益。最好的例子是酸牛奶里的嗜酸乳杆菌。甚至有的工厂或乳酪厂故意在出售的牛奶酒和酸牛奶中，添加进这样的"有益的"细菌。你的肠子里就有几千种细菌在东奔西跑着。它们喜欢糖，也存在于土豆中的、不与嗜酸乳杆菌起作用的物质之中。每当你吃什么东西时，便会有新的细菌加入，别的细菌因此死亡或被排出。我们需要其中的哪些细菌才能保持身体健康，这一点我们还不知道。人体内90%的单细胞生物连名称都没有。还没有人研究过它们。由于一个细菌比你的皮肤的细胞小10倍，我们就得用很特殊的仪器，才能对它们进行仔细观察。多年来，我一直试图了解更多的有关这些微小的神秘小动物的情况。我尤其对那些酶感兴趣：它们由细菌生产，细菌大概就是用它们来抗击敌人的，譬如病毒。所以，如果我们深入地研究细菌，我们就会了解更多的有关酶的情况，从而更多地了解它们对于人们的意义。也许人们可以用这种知识制造出新的药物，治疗由细菌引起的传染病。

正如你所看到的，我们化学家和医学家，对营养在我们的健康中所起的作用知道得还实在太少。所以每一个人必须弄清楚，究竟

什么对自己的健康有益。但是有一点我可以证明:如果你总是只吃油炸土豆条,你就会出问题。其实我自己也真想天天吃油炸土豆条。然而,我也必须克制自己,而且遵守我在这里已经给你们提出来的这些忠告。

笔录:安德雷·贝尔

> 理查德·罗伯茨(Richard J.Roberts),1943年9月6日出生。英国生物化学家。他因为发现不连续基因(碎片基因),和菲力浦·夏普共同获得1993年诺贝尔医学奖。他是美国马萨诸塞州新英格兰"生物实验"公司研究部主管之一。

我们为什么必须上学？

大江健三郎

在我迄今为止的一生中，我曾两次考虑过这个问题。对于重大的问题，不管多么艰辛，人们都必须认真思考。这样做是件好事，因为即使一个疑难问题没有获得彻底解决，我们事后也会明白，我们曾有过足够的时间对此进行认真思考，这有多么重要。我两次思考儿童为什么必须上学这一问题都幸运地得到了意味深长的答案。它们也许是我这一生中，对无数的问题所找到的最好的答案。

第一次，我没怎么考虑过儿童为什么必须上学的问题，反倒很怀疑，儿童是否根本就必须上学。当时我10岁，是在秋天。在这一年的夏天，我的祖国日本在太平洋战争中打了败仗。日本曾和同盟国如美国、英国、荷兰、中国，以及别的一些国家作战。在第二次世界大战中，美国第一次向城市扔了原子弹。

　　战争的失败使日本人的生活发生了巨大的变化。在这之前，人们一直教导我们的儿童，而且也教导成年人，说日本皇帝无比强大，日本天皇是一个"神"。但是，战后人们却宣布天皇并非是一个"神"，而是一个人。

　　当时我认为这些思想的转变是对的。我明白了，一种由所有的人共同用同样的权利建立起来的民主，比由一个"神"主宰的社会要好。我真正地感受到了这一重大的变化。这就是：我们不再被迫去当兵，去杀戮别国人民，并且不再充当炮灰。

　　战争结束一个月之后，我不愿意上学去，因为直至仲夏，教师们还一直断言，说天皇是一个"神"，让我们虔诚地向他的照片鞠躬，而且还说，美国人不是人，是魔鬼和妖怪。可是后来，他们却面不改色地对我们说着相反的话。他们只字不提他们迄今的思想方法和教学方法完全是错误的，也不说他们是否在考虑这方面的问题。他们告诉我们，天皇是人，美国人是我们的朋友，仿佛这是再自然不过的事情。

有一天，占领军乘坐吉普车开进我生于斯、长于斯的林中山村。同学们站立在道路的两旁，挥动着他们自制的星条旗高喊"哈！"这时我却悄悄地溜进了树林。我从小山丘顶上向山谷下面望去，看到了像小图片上的那辆吉普车沿着河边公路行驶，虽然我看不清同学们那一张张童真的小脸，我却听到了他们高喊"哈"的声音，我的眼泪刷地流了下来。

第二天早晨，我虽然动身去学校，但是一到那里，我便径直地从后门出去，走进了树林。我在那里一直呆到晚上。我有一本大的植物图画册。我在图画册中寻找着树林里的每一棵树的名字和它的特性，并将它们一一牢记在心。由于我们家是从事森林管理工作的，所以我觉得熟记这些树木的名字和特性，对我今后的生活有用。树林里有许多各种各样的树木，每一棵树都有自己的名字和独有的特性，这令我激动不已。当初我在树林里记住的许多树木的拉丁文名字，至今我还记得清清楚楚。

我不想上学了。我想：如果我独自在树林里，拿着我的植物图

画册,好好地学习树木的名字和特性,那么等我长大了,我就能凭着这些本事养活我自己。此外我也知道,即使我去学校,在那里我找不到能让我如此着迷的树木,也找不到像我这样对树木感兴趣、并能与我一起谈论树木的老师和同学。人们为什么非得去学校学习那些与成年人的生活毫不相干的东西呢?

秋日里的某一天,虽然下着大雨,我还是走进了森林。雨越下越大,林中到处流淌着从前不曾有过的洪水,道路被泥浆淹没。天黑了,我无法趟过山谷的水流。我发着高烧,昏倒在一棵大玉兰树下。第三天早晨,我们村里的消防队员在那里找到了我,救了我一命。

我回到家里后,寒热仍然不退。我像在梦中听到从邻近城市赶来的医生说话:什么治疗方法、吃什么药都无济于事了。说罢,医生就走了。只有我的母亲怀着一线希望，精心地护理我。一天夜晚，我虽然还在发烧，身体十分虚弱，我却从似乎被笼罩在热风吹拂的梦幻般的状态中苏醒过来。我发觉，我的头脑又清醒了。

我躺在日本人房屋里惯常有的那种"榻榻米"上，它直接展开在铺满稻草席子的地板上。我的母亲坐在我的床头，她已经好几个夜晚没合眼了，她俯视着我。我试图讲话，缓缓地，声音轻得连我自己都感到奇怪。

"妈妈，我会死吗？"

"我不相信你会死。我会为你活着而祷告。"

"医生说了，这个孩子多半会死。他治不了我，我都听见了。我相信，我一定会死的。"

我的母亲沉默了一会儿。然后她说："要是你死了，我就再把你生出来一回，你不要担心。"

"可是如果我现在死了，那么你再生出来的那个孩子就不是我了，就是另外一个孩子了。"

"不，是同一个孩子，"我母亲说，"如果我把你生出来，我就会把你现在所看见和听见的，把你所读过和做过的，统统讲给这个新生的'你'听。由于新生的'你'也讲你现在讲的语言，这两个孩子就是完全一样的。"

我觉得我没有完全地理解她的话。可是我安心地睡着了。从第

二天起,我的身体渐渐地康复起来。到了冬天,我又自愿去上学了。

我在教室里学习,而且也到学校的操场上参加棒球游戏活动——一种战后很流行的运动。我还会常常陷入沉思。像我现在这个样子,我莫非就是在那个发烧的病儿死去之后,我母亲再次生出来的那个孩子?我莫非就是这个新生的孩子,接受了那个已经死亡的孩子讲述过的所见所闻、所读和所做的一切,并且这种记忆在其内心就像一种自身经历一直存在着?我莫非接受了这个已经死亡的孩子所使用过的语言,并且如今在用这种语言思维和讲话?

这个学校的孩子不全都是那些未能长大成人就已经死去了的孩子们的替身吧?这些孩子的所见所闻、所读、所做的一切,是否有

人全都给这些替身孩子讲述过了？所能证明的就是，我们大家都讲同样的语言。我们大家上学，不都是为了学习这门语言，并使之成为我们自己的语言吗？然而为了接受已经死去的孩子们的语言和经验，我们不仅必须学习日语，而且也必须学习自然科学和数学，甚至还得学习体育运动！如果我只是独自地走进森林，拿那里的树木与我的植物图画册里的树木做比较，那么我就不能代替已经死去的孩子，成为一个新生的孩子，与那个孩子一致的新生孩子。所以我们大家都得上学，一起学习和做游戏。

也许你们觉得我在这里讲述的这个故事有点儿怪。虽然过了很久，我又想起了这件事儿，但是，今天我作为成年人也不能真正理

解，我当初在冬季开始时曾确切地理解了的东西。那时我终于康复了，我怀着一种愉快的心情重返学校。不过，我讲述了这段我迄今还从未记述过的往事，我是希望你们，现在的儿童——新生儿童的你们，也许会正确地理解它。

我记得的另一件事，是我作为成年人的一个经历。我的长子，一个名叫Hikari的男孩，生下来时脑袋畸形。在他的后脑勺上有一个大鼓包，看上去仿佛他有两个脑袋，一大一小。医生为他切除这个鼓包，在手术时，他们尽量避免伤害大脑袋；后来又缝上了伤口。

Hikari很快就长大了，可是到了四五岁，他还不会说话。他对各种声音的音高和音色特别敏感，而他所学习的第一种声音不是人的语言，而是鸟儿的各种鸣声。不久，他一听到某种鸟的叫声，也就能说出这只鸟的名字来。这只鸟的名字，是他从一张鸟叫声的唱片上学来的。

7岁时，他比正常孩子晚了一年上学。Hikari上学了，进了一个"特别班"。班上有各种残疾孩子。其中有的孩子整日大声叫喊，有的孩子不能安静地坐着，而是必须不断地来回走动，或碰桌子，或撞翻椅子。每逢我从窗户往里看时，我总是看见Hikari用双手捂住耳朵，僵直着整个身体。

所以，作为成年人的我，又一次向自己提出了曾经在儿时向自己提出过的同样的问题。Hikari为什么必须上学？他熟悉鸟儿的歌声，向他的父母学习鸟儿的名字，这让他感到开心。我们返回我们的村子，生活在林中自己建造的一所小屋里，这岂不是更好吗？我就会在我的植物图画册里，查阅树木的名称和特性，Hikari 就会听鸟儿歌唱，说出各种鸟儿的名字来。我的妻子就会为我们俩作画、烧饭。这有什么不可行的？

但是 Hikari，是他自己解决了我这个成年人的难题。在 Hikari 进了这个"特别班"一段时间之后，他找到了一个跟他一样憎恨喧闹声音的朋友。从这时起，他们便总是双双坐在教室的一个角落里，手拉着手，忍受着他们周围的喧哗。此外，每逢这位比他自己还体弱的朋友要上厕所时，他总是帮助他。对于在家里事无巨细都依赖父母的 Hikari 来说，能够帮助他的朋友，这真是一件全新的幸事。从此以后，人们才注意到距离其他同学稍远些的地方，并排坐着倾听收音机里音乐的这两个孩子。

一年以后，Hikari 发现，他理解得最好的语言不再是鸟儿的歌声，而是人们演奏出来的音乐。他甚至把他的朋友写的、广播电台播送的、他们最喜欢听的乐曲名字的纸条带回家里；他把这些乐曲的唱片找出来。老师们也注意到了，向来沉默不语的这两个孩子，如今在交谈中，竟能说出诸如莫扎特或巴赫这样的词儿来了。

Hikari 和他的朋友一道上完了"特别班"课程，在这所特别的学校毕业了。在日本，供智障儿童念书的学校，都是以第十二年级学习期满毕业。在毕业典礼的那一天，我们作为家长听到了老师的

通知:Hikari 和他的同学们从明天起不必上学了。

在随后举行的聚会上,多次听到自明天起不必再来上学消息的 Hikari 说道:"这真奇怪。"他的朋友从心底里回答说:"是呀,这真奇怪。"两个人的脸上泛着一丝微笑,表示出惊讶的神情,却透着宁静。

我以这一简短的谈话为由,为 Hikari 写了一首诗,起初曾在他母亲那儿上过音乐课,偶尔自己作曲的 Hikari,把这首诗谱成了曲子,送给了他的朋友。后来,这首曲子演变成了《毕业变奏曲》,曾经多次在音乐会上被演奏过,获得了许多听众的喜爱。

今天,音乐对于 Hikari 来说,已经成为发现自己丰富的内心活动、与别人交流和使自己与社会沟通的最重要的语言。这棵幼芽是在家里种下的,但是只有在学校里它才得以萌发出来。不只是日语,自然科学和数学,还有体育和音乐,也是深刻了解自己与别人交流的必不可少的语言。这同样也适用于外语。

我以为,为了学习这些知识,孩子们就必须上学。

大江健三郎(Kenzabur Oe),1935年1月31日出生。日本文学家。因为他的全部著作非常优秀,而获得1994年诺贝尔文学奖。他住在东京,在世界各地担任客座教授。他的长篇小说《燃烧的绿树》的德文译本,于2000年9月由德国费舍尔出版社出版,这是三部曲中的第一部。

天空为什么是蓝的？

马里奥·乔斯·莫利纳

雪白，草绿，柠檬黄：一提起某些事物，我们就会清晰地联想到某种颜色，以至于我们干脆以它们来给这些颜色命名。乌（鸦般）黑，灰绿，天红……停止，这不对了吧？这自然是叫天蓝啦！因为我们认为天空理所当然是蓝色的。就像煤是黑色、血是红色一样。但是天空为什么是蓝的，至少在白天是蓝的，而不是绿的或红的呢？你越是对此进行思索，越是有很多问题出现：天空怎么会有一种颜色呢？它只是由空气组成的吗？空气有一种颜色吗？或者是阳光里有颜色？什么是阳光？阳光在穿透空气的过程中发生了什么变化？所有这些，我都要向你进行解释，像我们化学家和物理学家今天所设想的那样，向你进行解释。

很久以前，人类就已经思考过天空和它的颜色了。有些人认为，

天空是蓝的，因为大海映照着天空。也有一些人认为，它充满了飘浮在空气中的微小的蓝色粒子。二千多年前希腊哲学家亚里士多德猜想，只有在光中才有颜色，而黑暗则是无色的。这个睿智的希腊人是对的：我们周围的事物之所以显现出颜色来，仅仅是因为阳光照射着它们。虽然阳光看上去是白色的，但是所有的颜色在阳光里都存在：红色、橙色、黄色、绿色、蓝色和紫色。有些人说：紫丁香花色。如果阳光穿过雨水，在天空中变出一条彩虹，你就会看到这些颜色，因为许许多多的小雨滴阻断了光线的去路，迫使光线改变它的方向。这时，这些小雨滴就把阳光里的所有颜色或多或少地挤出了它的轨道：红色被折射得最少，橙色就稍多些，其次是黄色、绿色和蓝色，而紫色则距离它原来的轨道最远。所以每一条彩虹的颜色，总是有着同样的顺序排列：先是红色，然后是橙色、黄色、绿色、蓝色，最后是紫色。

但是为什么光线遇到阻碍，就会改变它的行进道路呢？如果你把光线设想为波浪，你就会猜破这个谜了。

这个想法在350年前，荷兰物理学家克里斯蒂安·胡于根就已经有了。今天我们自然科学家仍然相信，光像一个波浪那样运动。你可以设想一滴雨落在一个水洼里的情景。当这滴水落到水面上时，就会产生小波浪，波浪一起一伏地变成更大的圈儿，向着四面八方扩展开去。如果这些波浪碰上一块小石子或一个别的什么障碍物，它们就会反弹回来，改变波浪的方向。光波在穿过空气的行进过程中，遇到了一滴雨或另一个障碍物，它们的情形与之相似。这时光就会偏离它原来的直线轨道。

就像有大的和小的波浪，在大海里和在水洼里，光波的波长也都是不同的。这主要取决于我们称之为"波长"的两个波峰之间的

距离。用肉眼你是看不出光的波浪之间的距离的,因为它们小得难以想象,即比一根头发的厚度还要薄 100 倍。然而,用很灵敏的测量仪表,可以很精确地测出光的波长。情况表明,每一种色彩都有它自己的、不可更改的波长:紫色和蓝色波长很短,而红色则波长较长。

这些不同波长的光(不同的颜色)遇到障碍时,折射的情形是不一样的。如果你又想到了水洼里的小石子的话,你就能够很好地想象出来。一滴雨水在水面上泛起的涟漪碰到像一块石头这样的大障碍物时,水面便被搞得混乱不堪。如果是一个"巨浪",像你用手在水洼边掀起的那种"巨浪",那么这块石头便是一个小小的障碍;这个"巨浪"干脆从石头上溢过去,并畅通无阻地到达水洼的对面边缘。不同波长的颜色的情形与这相似:阳光中波长短的蓝色受到空气中障碍物的干扰比波长长的红色更加强烈。现在你知道了,为什么一滴水能够将白色的阳光分裂成那些众多的颜色,这就是我们所看到的彩虹。你马上就会懂得,天空为什么是蓝的。

如果阳光从天空照射下来,它就会连续不断地碰到某些障碍——即使没有下雨。因为光所必须穿透的空气并不是空的,它由很多很多微小的微粒组成。其中的大多数,百分之九十九不是氮气便是氧气,其余则是别的气体微粒和微小的漂浮微粒,它们来源于汽车的废气、工厂的烟雾、森林火灾或者火山爆发出来的岩灰。虽然氧气和氮气微粒比一滴雨水小一百万倍，但是它们也照样能阻挡阳光的去路。光线从这些众多的小"绊脚石"上弹回，并改变自己的方向：光线被散射出去，这是我们化学家和物理学家们的说法。波长短的蓝色光和紫色光比波长长的橙色光和红色光散射得多。所以散射的光中，紫光比红光几乎多10倍，而蓝光则几乎比红光多6倍。绿色的、黄色的和橙色的光线，敌不过这占优势的蓝色光线和紫色光线，所以我们觉得这些散射的光是蓝色的——天蓝色的。发现这一切的是，英国物理学家和诺贝尔奖获得者瑞利勋爵，他在130年前就已经发现了：当光线透过空气偏离了它原来的直线方向时，光的波长不同，偏离的距离不同。后来人们为了向他表示敬意，便把这个散射过程

叫做瑞利散射。如果你向天空看去，你主要看见的是阳光中被散射的蓝色的光，而不是未经散射的阳光。这本来是白色的。如果要看见这种白色的、未经散射的光，这种笔直向你落下来的光，你就得直接朝着太阳看去。但是，你千万别这样做！因为直接照射的阳光很强烈，也很危险，它会在瞬间严重灼伤你的眼睛；如果你看久了，它会使你双目失明。

现在你知道了，白色的光能够分成彩虹的各种颜色。反过来也完全一样。这种情形你会在一个有阳光的日子里体验到。有时在地平线，这是天地相接的地方，天空看上去几乎是白色的，无论如何，比直接在你头顶上方的蓝光要苍白一些。之所以会这样，是因为阳光从地平线到你这个地方，比起它直接从空中落下来所需在空气中走的路程要远得多——而在一路上它所擦过的微粒子要多得多。这些大量的微粒子就这样多次散射出光，所以它显得白中透着淡蓝。也是由于同样的原因，使得牛奶的颜色呈现出白色。你拿一杯水，把它放在一个黑暗的背景里，放进一滴牛奶，再拿一只手电筒照射杯子的一端，并靠近它，手电筒的光在水中即会显现出淡蓝色。这样，你就理解瑞利散射了。但是，如果你往水里放进的牛奶越多，水就越白，因为光一再地受到这些众多的牛奶微粒的散射，结果就是白色的，跟在地平线上空一样。

阳光从地平线通过地球大气层照射到你这个地方，经过漫长的道路。大气层不仅使白天你头顶上方的天空明亮，它也使得太阳落山时的傍晚的天空不显现蓝色而显现红色。由于傍晚的光在照射到你这个地方的路上所遇到的众多的微粒，使得阳光中的紫色和蓝色的部分往四面八方散射开去，仅留下一点点使你的肉眼看得见的光。

为什么我们还会看见日落的橙红色光线,现在你大概想知道吧?因为波长短的蓝色和紫色的光被散射出去,所以到达你这里的,仅仅是波长长的橙红颜色。你观察一下日落吧,你就会看见从空中径直到你这个地方的光线——这些光线,主要是黄色的、橙色的和红色的。白天你主要看见太阳经过散射的光,天空是蓝色的;在日落时,你看见了未经散射的光,天空就显现出红色。

所以正在下落的太阳的红色可以跟白日天空的蓝色一样得到解释。不过,天穹在落日后也还会在一段时间内呈现深蓝色。这是一件怪事,因为已经沉没的太阳到达大气层最外沿的不多的光线中,不但含有蓝色的散射光,而且也含有一些别的颜色。几个物理学家在50年前就揭开了这个谜:导致黄昏时天空的蓝色,是一种特别的物质。这种特别的物质在离地球表面20至30公里的高空处,聚集成厚厚的一个层面,即臭氧层。这种气体对正在下落的太阳光,起到像颜色过滤器那样的作用:它截获太阳光中的黄色和橙色的部分,却几乎无阻拦地让蓝色的部分通过。当最后的少许光消失时,所有的颜色才消失在黑暗的夜色中。这一切可以在格茨·赫佩著述的《蓝色:天空的颜色》这部美妙的书中查阅到。

臭氧不仅导致黄昏的蓝色天空。除了阳光的红色和黄色的部分以外,臭氧还吞下一种你无法看见的特殊的光线:紫外线的光,或称紫外线。你一定曾经听说过,紫外线对所有的生物,也对你有多么危险。如果它在你的裸露的皮肤上照射得太久，你就会得晒斑。臭氧层到处都有足够的厚度，能截获尽可能多的紫外线：这对于我们这个星球上的全体生命来说，是极其重要的。

可惜这个生命攸关的保护层在许多地方都已经变薄了，在南极上空已经形成了一个大的空洞。某些物质对臭氧洞负有责任，它们破坏了臭氧。此类物质就是所谓的氟里昂，它们被人们用来喷洒护发剂或制冷。这是一种对臭氧层特别有害的物质，我的同事和我曾彻底研究过，并且我们已经发现，它是如何地破坏臭氧的。从此以后，这种"臭氧杀手"在许多国家不再被使用。这使我产生了希望：臭氧层得以复原，并能在将来完成它的重要任务，保护我们地球上的生命，使其免受致命的紫外线的伤害。此外，是生物自身创造了地球的臭氧层：细菌、藻类和其他植物发明了光合作用。关于光合作用，你还会在"为什么树叶是绿色的"这篇文章里，得到我的同事罗伯特·胡伯尔更详细的解释。你在这里只需知道：通过光合作用，大气层里充满了氧气微粒，同时也产生了臭氧，因为臭氧是氧气的一种形态。氮气和"正常的"氧气使天空白天呈现出蓝色，而臭氧将黄昏染成蓝色。

覆盖我们的地球三分之二面积的海水也发蓝光。其间的各大洲虽然呈现出像土地那样的褐色或像森林那样的绿色，然而上空却总是蓝色的——不仅从地面上看去，甚至从宇宙中看来，地球也是裹

着一块轻柔的蓝色面纱。天空的蓝色在大气层中闪亮,从大气层外观察过地球的天文学家们曾报道过这一情况。所以地球被称做"蓝色星球"是完全正确的。它那独特的蓝色就是生命的颜色。

笔录:安德雷·贝尔和莫妮卡·奥芬贝格

马里奥·乔斯·莫利纳(Mario J.Molina),1943年3月19日出生。墨西哥出生的化学家和生物物理学家。因其对破坏臭氧层的气体的研究工作而和保尔·克鲁岑和舍伍德·罗兰共同获得1995年诺贝尔化学奖。他在美国坎布里奇马萨诸塞理工学院从事教学工作。

电话是怎么回事？

盖尔德·宾尼希

你已经有一部手机了吗？如果你的朋友给你发来一个短信息，你的手机上就会发出轻轻的"嘟嘟"声。在你们做家庭作业的时候，也许甚至还会给你发来数学题答案？好啊，你的父母一直还不很明白这短信息究竟是怎么回事呢，否则他们一定会禁止你把这玩意儿带到学校去。虽然你已经根本无法想像生活中怎么可以没有手机，但是你知道吗，电话里的声音是怎么传过来的？这是怎么回事：你怎么能够在家里的任何地方打电话？你的声音环绕着世界飘荡，却可以使对方听得清清楚楚？

我小时候还没有手机。由于父母几乎从不让我们打电话，他们总是说："只有在紧急情况下才打电话。"于是我们就自己装了一部电话机。我们拿来两个罐头盒，用一根绷紧的长绳子把它们连接起

来，这电话机便做成了。只要紧紧地拉住绳子，把耳朵挤进另一只罐头盒的开口，那么对着罐头盒讲进去的声音，即使是轻轻的话语，在隔壁房间里也能听清楚。我们兴奋极了：成功了。

当亚历山大·格拉哈姆·贝尔和他的同事托马斯·沃森能够在两个不同的房间，通过他们发明的电话机相互通话时，他们一定也这样激动。这是在1876年，想当初，正是你的远高祖父母活着的时候！贝尔试验了好几年，后来他终于制造成了一部会讲话的"电报机"，这是他给起的名字。拍电报，即电传，这是这个希腊词译成德语的说法——人们当时就已经实现了。当然它还达不到像现代的传真机那样完美。一根铁丝接在一台器具上，上面有一个圆盘，圆盘上有字母。

如果人们扳下一个开关，电流就流过铁丝。圆盘上的一根针分别按照流过电流的多少，指示出不同的字母，人们便将它记录下来，组合成单词。这还相当麻烦。

用莫尔斯电码发报就快了，之所以叫莫尔斯电码，因为这是美国人萨缪尔·莫尔斯发明的。他不是通过电线发送几十个不同的信号，而是只发两个信号：短的和长的。信号发来的顺序不同，它们也就代表不同的字母和话语。最著名的信号是SOS，这是国际通用的船舶呼救信号：三次短，三次长，三次短。今天莫尔斯发报方法几乎不再使用，但是这SOS信号你也许知道，一些爱开玩笑的人为自己的手机编制了这样的程序，响起来的不是铃声，而是SOS："嘟，嘟，嘟——嘟—，嘟—，嘟—，——嘟，嘟，嘟。"

但是亚历山大·贝尔不满足于莫尔斯信号，他想传送真正的、口头的谈话。作为一个教听力严重受损儿童的教师，他知道单词和句子的发音，是由声带通过我们呼吸空气的振动而生成：每当他教会这个学生一个单词时，他总是将这个耳聋孩子的手，放到自己的喉头上，让这个孩子感觉到，发出不同的声音时，喉头的不同振动，并能够模仿它们。

声音振动着在空气中传播，一下子就向四面八方扩散开去，就像你把一块石头扔进水里时产生的波浪圆圈一样。不同的声音产生大小不同的波浪。为了目标明确地把声音从一个地方传到另一个地方，贝尔就必须找到一种方法，可以把波浪只引向某一个方向，即引向他想与之讲话的人所在的那个地方。在使用我方才所讲的罐头盒电话机时，一根绳子就足够了：如果人们朝铁皮罐里讲话，声音便使绳子振动，于是这些波浪便通向另一只罐头盒。但是我们不能用这个方法，从慕尼黑打电话到汉堡。距离一远，波浪就会减弱，并在一定的时候消散。这原因就在于：这样的一根绳子只是用一种松弛的材料制成的，而且四周的空气也会减弱振动。

于是贝尔就像莫尔斯那样用电线做试验，因为电流也能波浪式传送，这当然比在绳子上的波浪传送快得多。一根电线上有无数个微小的微粒，它们具有令人难以置信的可移动性，这就是所谓的电子。如果人们在电线的一端轻撞其中的几个电子，这些电子就会闪电般地把这个撞击传导给与其相邻的电子。这些相邻的电子同样地把撞击继续传送下去。这就像在一个挤满了人的地方，一个人在人群的一端碰撞了某个人，此人眼看就要跌倒，随即便碰撞他的邻人，如此等等。但是电子之间相互并不接触。原来它们并不特别喜爱对方，所以互相躲避。之所以有这么多的电子停留在一根电线上，是因为还有许多质子，这些质子也在场。质子在原子的核里，而电线则由这些原子组成；电子喜爱质子。如果另一个电子过分逼近一个电子，这个电子就会立刻避开，因为它会觉察到这一点。电子之间风趣地在互相"打电话"，而且经常不断地进行。但是它们打电话不用电线，它们相互发送光闪（光子）。原则上人们可以说，因为电子互相打电话，所以我们也能够打电话。它们沿着电线传递信息，但是我想，它们并不明白，它们在传递什么。

由于电子非常轻，反应很快，所以电子冲击波就能够用相当于光的速度传播。幸亏传播进行得如此之快，否则我们根本就不能和在美国的某个人打电话了。你设想，我们要用一根绳子来打电话，那么一个单词——假如它最终会到达的话——在最好的情况下，大约也需要一个小时才能到达那儿。这将是一次令人厌倦的谈话，人们为了听到一句答话，就得等候数个小时。

现在回头再说贝尔：他长时间地安装他的电话机，然而传出来

的只是呱呱呱和呼哧呼哧的声音。难就难在要把声音的振动变成电子的冲击波。所盼望的突破，最后只是偶然被发觉的：贝尔的助手沃森在隔壁的实验室里泼洒了一种腐蚀性的液体，他着急地叫喊："贝尔先生！您快来！"数秒钟以后门开了，贝尔冲了进去——他听见了他的伙伴的叫喊声，但并不是透过墙壁听见的，而是通过从连接两个房间的试验电话机里听见的。

长期的试验工作得到了回报：沃森的呼救声的振荡模式，通过电线传送到贝尔的仪器上了。为了使先前只产生出尖锐刺耳的吱嘎吱嘎声的杂乱电波可以被人听懂，贝尔改进了他的发明：他将一层薄皮——人们称这为薄膜——绷紧在送话口的一端上。你可以把它想像为人们制作好果酱后，绷紧在玻璃瓶口封上的那一层薄膜。这种膜截住贝尔的声音的波浪，并将它们传导到一个线圈上，这个线圈将它们变成了电流。

今天人们称一部将声音转变成电流振荡的机器为麦克风。而人们需要那种反过来将电流振荡变成声音的机器，人们称之为扩音器。这扩音器上也绷着一层膜。如果你把手放在扩音器上，你就会感觉到，贝尔能够使他的学生们在喉头上感觉到的那种同样的振动。

就在第二年，那是1877年，贝尔建立了一家电话公司，以便在全国推广这一新发明。到处敷设电线，它们将谈话从一个地方传到另一个地方，不久电线便横穿美国或欧洲。后来巨大的电缆被深埋海底，它们也把各大洲连接起来了。

今天越来越多的人用无绳电话机、用手机打电话。它不再需要电线，因为它的功能大致像收音机：声音的振荡被发射天线用无线电波向空中的四面八方发射出去。无线电广播能够被所有有收音机的人收听到。手机电话却只打给唯一的一个接受者。为了不让别的人听见，谈话只能被有正确电话号码的电话破译出来。原来你的手机在接通时，由你附近的一个发射站与你联系。这个发射站总是知道你在哪里，即使你没有打电话，因为你的手机经常不断地发出无线电信号。这些信号你当然听不见。如果现在有人拨你的电话号码，中心（活动无线电通讯站）便将一则通知发送给所有的发射站，但

是只有在你附近的那个发射站作出反应,由它传递这一谈话。于是,天空中杂乱无章的电波,就变成了一则个人的信息——只为你而发。譬如你的朋友从第一排向最后一排给你发送数学题答案。

就像许多人不能一齐谈话,因为这样谁也听不懂别人在说什么,许多发射站不能无限制地发射,因为这样它们就会互相干扰。电话通讯的电波在空中传递时,频段也是有限的。为了节省频段,现有的几百万部手机不是简简单单地像一个无线电发射台那样,用电波发射通话:这些通话会互相干扰,并产生出使人无法理解的声音。于是手机把语言分解为一种数码。这种方法类似于用莫尔斯电码发报:单词被分解为信号:只不过手机的信号不是短的或长的声音,而是数字0和1——完全跟计算机一样。几百万个密密麻麻、一个接着一个被捆扎在一起的0和1形成数字包,然后就一包一包地在很短的间隔时间内,通过发射塔向一个人造卫星发射出去:人们称之为搏动。手机里微小的电脑芯片把声音转换为数码,然后把数码打成数字包裹,发送出去;或者反过来,把接收到的数字包裹分解成数码,再把数码还原为声音。

也许你已经听说过这新的UMTS——体系。这种技术不仅能将语言,而且也能将音乐、文字或图画,飞快地分解为0和1,并将其重新装配。所以不久,我们将不再只能用我们的手机打电话,而且也能听广播、看电视、拍摄和发送照片或者上网。

许多人和某个人联系时根本不再打电话，而是坐到他们的电脑前。电脑由一条电话线与互联网连接，这是一个巨大的、遍及世界的网络，全世界也许有两亿部电脑与这个网络连接。如果你在家里或者在学校里上网，你就能够在网上以很快的速度往日本或阿拉斯加发信。人们称这为 E-mail，电子邮件 (Electronic Mail 的英文缩写)。有些电脑在将来能够发射和接收无线电信号，并通过空气互相连接在一起，就像今天你同学的手机已经和你的手机连接在一起那样。但是，尽管如此，可能仍然还会有电线，因为它们能够传送多得不得了的信息。但是，也许不久使用的主要都是"光线"，即所谓的玻璃纤维，而不是电线。而到那时候，我们就像电子之间那样互相打电话，即用光打电话。不过，不是无线方式的。

假如我们不再需要利用仪器，直接就能够猜测到别人的想法，这当然就方便多了。你认为，这不行？O-K，这确实困难，但也许并不是完全不可能。我们已经在研究使用完全新型芯片的微型电脑了。芯片是微型的、有智能的、可组合的器件——解题插接板，电脑就用它们来进行计算。然而，新的、极小极小的思维机器，则可能用我们身体的最微小的组成部分进行工作。我们也许能够用它们制造出比今天最快的电脑还快得多的装置，而且这种装置微小至极，我们完全可以将它们直接装入我们的人体内，甚至装进大脑。然后，它们就一定会在那里感觉到我们的思想，将其翻译成电子信号，并发送给接收者。也许你并不想让别人知道你的思想？

但是，假如已经有了这些小型思维机器，你的朋友也能用它来给你发送数学题答案，或者思维机器直接为你解这道题。但是要达到这样的程度，这大概还需要相当长的一段时间，反正在你上学之前，还解决不了这个问题。不过这却并非纯粹幻想，说句老实话：你已经与你的手机结下不解之缘了吧，对不对？

笔录：佩特拉·托尔布里茨

盖尔德·宾尼希(Gerd Binnig)，1947年7月20日出生。德国物理学家。他因研制光栅隧道显微镜和海因里希·罗雷尔共同获得1986年诺贝尔物理学奖。这种显微镜可以拍摄到很清晰的照片，显示出直达原子结构内部的表面。他在苏黎世附近吕施利康的IBM研究实验室从事研究工作。

不久就有两个我吗?

埃里克·维绍斯

你设想,和往常一样,早晨你起得太晚,你想赶快到洗澡间去——但是门关着。"谁在里面?出来!"你边喊边用两个拳头敲门。"我这就出来,"一个声音在里面说,门打开了,你面前——站着你!

"我用了你的牙刷,你一定不会反对的,"这个"你"高兴地说,并从你身边挤过去,"可是现在请你原谅我,我得去学校了,我已经要迟到啦!"说罢,这个"你"走了。这可能吗,你的面前突然站着一个跟你一模一样的人?这个人跟你的相貌完全一样?你可以像在《两个小洛特》里那样,跟这个人互换角色?仿佛你有一个双胞胎兄弟?

不过暂时我可以让你放心,你还可以独自用你的牙刷,因为这种克隆技术,你可能在报纸上读过,或者在电视里听过,这种克隆技术用在人身上还不行。"克隆",人们这样称呼一种技术,一种可以让人使某种植物或某种生物被复制的技术。不,这不是魔术,这是真的,但是这确实不是一件很简单的事。5年前,1996年7月5日,在苏格兰出生了一只羊,它被命名为多利。多利是另一只比它早7个月出世的雌性羊的第一个精确的复制品。多利没有父亲。

现在你一定想知道,怎么可能会有这样的事。为此你就必须先

懂得，你自己是如何产生的。你母亲肚子里的一个卵细胞被你父亲的一个精子受精。这是这样进行的：你的父亲将一种液体喷射到你母亲的肚子里，这种液体含有好几千个小精子，带一个颤动着的长尾巴的微型小动物。它们争先恐后地奔向你母亲的卵细胞。"胜利者"用其脑袋钻进卵细胞的软膜，并甩掉自己的尾巴，因为它在继续运动时不再需要尾巴了。一到达卵细胞的内部，脑袋的膜也溶化了，而脑袋内部的东西，那精子核就释放出来。这个精子核含有你父亲的遗传因子，因而含有你已经从父亲那儿得到的全部特性：也许是眼睛的颜色或语言才能。

而你能弹得一手好钢琴，这可能是你从你母亲那儿继承来的——这方面的天赋在她的卵细胞核里。男人的精子核和你母亲的卵细胞两者互相结合，并且同时也将它们的遗传因子、它们的遗传特征混合起来。两个核的结合使卵细胞受精，然后这个受精的卵细胞便开始分裂：它先变成两个细胞，然后4个，然后8个，如此等等。9个月后，你就大得可以作为婴儿，离开你母亲的肚子了。

所以你一半来自你父亲，另一半来自你母亲。但是，尽管如此，你却是一个与他们完全不一样的人，因为他们的遗传因子在受精时已经重新混合。有时也可能发生这样的事：你根本不像他们，而像其他人，譬如继承了叔父阿尔弗雷德的鼻子，或者你的曾祖母的头发颜色，因为你跟所有这些人都有亲缘关系。这就是说，你们的一

部分遗传因子是相同的。然而,虽然你自身具有所有的这些遗传因素,但只有少数遗传因素会成为你的性格的一部分。

每一个人拥有大约3万个基因,这是我们不久前才知道的,而每一次分娩就意味着遗传因子的一次新的混合。没有哪个人会简简单单地只是他母亲或他父亲的复制品。没有哪个人会跟另一个人一样。可是且慢,有一个例外:有时候,凭造化的一时兴致,早期的胚胎一开始就分裂成两个细胞群体,它们不呆在一起,而是每一个群体长成一个完整的人。由于这两个人从唯一的一个受精卵细胞中生成,他们具有完全相同的遗传因素,人们称他们为单卵双胞胎,他们不仅相像得容易叫人搞错,而且也有相同的爱好,对音乐或食物,对颜色或职业,有着共同的兴趣。即便他们不在一起长大,并且分开了几十年。

然而,虽然单卵双胞胎长得十分相像,他们却依然是不一样的人。这与以下的情况有关联:他们在共同出生时——跟你一样——还远远没有发育成熟。他们玩耍和学习,随同他们的父母或在学校有了不同的阅历,在生活中有幸运的事或倒霉的事,而这一切都对他们的性格有影响。

这一切现在与克隆有什么相干?一个克隆个体有点儿像一对双胞胎。只不过就是它不是由于偶然从一个受精卵细胞中产生的,而是在实验室里用一个完全正常的体细胞制造出来的。这是一件相当复杂的事情。你身体的所有细胞都产生自唯一的一个受精卵细胞。所以在每一个体细胞内——不管是头发细胞还是皮肤细胞——都有着完全同样的基因。可是为什么所有的细胞看上去都不一样呢？因为在每一个细胞里，只有一部分基因开动，核中的所有其余基因都在打瞌睡。尽管如此，每一个细胞还是拥有你从父亲和母亲那儿继承来的完整的一套基因。等一等——这里也有例外：自己的卵细胞（在女孩身上）或精子细胞（在男孩身上），跟所有别的体细胞一样，它们恰好有一半基因。你知道这一点至关重要，因为如果你自己有朝一日想要一个孩子，那么，就像你所知道的那样，首先一个卵细胞就必须与一个精子细胞结合，这时它要得到短缺的另一半基因——当然是从有别的基因的另一个人那儿得到。所以由此而产生的孩子，永远也不会是父亲或母亲的一个复制品，而是有着这个孩子从他父母那儿继承来的个性的另一种混合物。

　　如果人们想制造出一个生物，它的整个儿包括相貌完全都像它的母亲（或它的父亲），那么只有一个可行的办法：人们必须从母亲（或父亲）的一个完全正常的体细胞中取出基因，并将其塞进一个空的卵细胞——人们已从这个卵细胞中取出了所有独自的基因。然后这个卵细胞就能发育成一个新的生物，虽然它没有受精。因为与一个普通的、有半个基因配备的卵细胞不同，这个用智谋取得的卵细胞拥有整套的基因——也没有经一个精子核的受精。这样一个生物，

  一个是其母亲（或父亲）的人工复制品的生物，被人们称做一个克隆个体。

  多利就是这样的一个克隆个体。世界上第一只克隆羊不像你那样，一半由母亲的基因、一半由父亲的基因组成，而是一件它母亲的彻底的复制品。它是这样进行的：科学家们取一个完全正常的充满基因的体细胞的核。这个体细胞来自多利母亲的乳房。科学家们把这个核植入一个他们从另一头羊的肚子里剥出并已去掉了核的卵细胞内。（他们本来也完全可以取一个多利的母亲的卵细胞的，因为关键不在于卵细胞。）最后这个被调换了所含之物的卵细胞，又被植入它生出的那头羊的子宫内,所以多利没有父亲。

但是整个事件的目的何在?你现在一定会这样想。研究人员们为什么要付出这么多的辛劳去制造一头羊的复制品,羊不是有的是吗?科学家们做克隆试验,不是为了制造完善的酷似者,而是因为他们首先想发现生物究竟是如何生成的。为什么其细胞起初完全一样的卵受精后,会变成完全不同的细胞、器官和身体的各个部分:胳臂和大腿,眼睛和头发,心脏或肾脏;为什么一些人高大而另一些人矮小;这些人有病而那些人没病;一些人机灵而少数人特别机灵;青蛙、鱼和哺乳动物虽然它们有许多基因是一样的,但为什么它们之间互相有区别。

以我们还没有发现的充满神秘的方式来"开启和关闭"基因,并随后在体内完成不同的任务。这都是些什么任务以及如何运转,这就是我们要通过克隆试验弄清楚的。譬如我们仔细观察,一个克隆个体是否与它的母体没有区别。

老实说,我们还没有发现太多的东西,因为虽然多利羊的诞生是一个巨大的成功,但是事情看来并不是人们凭借克隆就可以很快揭开基因"开启和关闭"的秘密的。因此,我们还要走很长的路,才能将无穷尽的生物复制品推向世界。首先这种技术还不是很完善,因为远不是每一次克隆动物的试验都获得成功。在多利出世以前,研究人员已经进行了247次克隆羊的试验——没有成功。其次,一

且这样的克隆动物自己下崽子,这就有了其他的问题:譬如看似健康的、克隆出来的老鼠生下了肥胖症的、有病的幼崽。也许这是由于去核的卵和陌生的卵互相合不来的缘故——我们不知道这是怎么回事。

尽管如此,我们当然还要继续研究。如果我们发现体内的疾病如何生成,这将是一大成功。如果我们知道一个细胞为什么开始分裂,并在以后长成肿瘤,我们也就能够对它加以阻止。其他的疾病,如糖尿病或严重的肾脏病,也许也可以通过克隆健康的体细胞而得到治疗。所以去年英国政府颁布了一项法令,只允许一种特殊形式的克隆:"治疗克隆"。从此不再只是羊和别的动物卵细胞可以配备拥有整套基因的体细胞进行克隆,而且人的卵细胞也可以配备具有整套基因的体细胞进行克隆。不过这些克隆卵细胞,不可以再回植进一个女人的子宫里,为的是避免它们有可能长成一个活生生的孩子,一个新的人。它们只能在实验室里长期培育,直至它们发育成某种类型的组织,譬如发育成心脏或肝脏细胞。也许,克隆研究人员这样希望,有朝一日借助这样的细胞,可以培育出完整的器官,人们可以用它们来替换一只有病的肾脏或一只受损的肝脏。

人的细胞复制品只可以成长几天,随后就必须被毁坏,因为克隆一个完整的人,在全世界以及在不同的宗教中,都被认为是不道德的,是对创世的一种违禁侵犯。此外,这压根儿是否能行,还远不是很有把握的事。尽管如此，几个科学家却已经预告，他们要让克隆孩子出世。他们得到了那些不能生育、却想要自己孩子的女人和男人们的委托。你的父母会让人做一个你的复制品吗？或者人们甚至会使早已死去的人复活，就像电影《侏罗纪公园》里的恐龙？我们能够让亚历山大大帝，让希特勒或约翰·列侬①复活吗？

你不必担心：在德国严格禁止克隆人细胞。而且我们在技术上还远远没有达到这样的程度！然而人的克隆将在某个时候成为可能，于是克隆人就无法被长久地禁止下去。假如确实到了这个地步，那么通过克隆产生出来的人，就必须跟每一个另外的人一样，也应享有同样的权利，因为他们虽然将是另一个人的遗传复制品，但仍然还将明白无误地是他们自己。他们将会是有独立人格的人，其独立的程度比双胞胎还强烈；仅仅因为他们是在一个不同的时刻来到这个世上，因而具有全新的经验，他们的独立程度也就会更强烈。

尽管如此，当你想到将会得到一个酷似你的人，你的心里一定会直犯嘀咕。像我这样的研究人员有权利进行这样的试验吗？这个问题不容易回答。也许，我可以说，我们会发现很有价值的东西，可以帮助我们治愈疾病。但是我也知道，我们这样做，是在玩一种危险的游戏。如果我们克隆被我们认为特别尊贵的遗传因子，并让别的遗传因子被淘汰的话，我们可能会犯严重的错误。

①约翰·列侬（1940—1980）：英国摇滚之父，披头士乐队主唱。

大自然比我们更有远见,所以我们必须保持它的多样性,基因的多样性。这种多样性导致不同的种族、气质、文化和社会,因为正是由于我们大家都如此的不一样,才使得人类在这个星球上存活了这么长久。

笔录:佩特拉·托尔布里茨

埃里克·维绍斯(Elic Wieschaus)教授、博士,1947年6月8日出生。美国分子生物学家。他因发现早期胚胎发育的基因控制而与刘易斯及尼斯莱因—福尔哈德共同获得1995年诺贝尔医学奖。他在美国普林斯顿大学从事研究工作。

为什么会有战争？

埃利·韦瑟尔

  我的德国小朋友，这个问题跟所有的孩子都有些关系。你有权利提出这个问题，就如同你的父母有义务考虑这个问题那样。为什么人们在一个风和日丽的日子决定互相杀害、互相消灭，出于嫉妒？出于仇恨？在一个可能会是十分美好的世界上，为什么会有这么多的仇恨？科索沃的电视图像一定还在你的脑际萦回，你究竟知不知道，这些图像对于你周围的人以及所有其他的人意味着什么？"那个画面"发生的事情会不会到处发生，也在这里发生？

  1945年，那时我只比你现在的年纪大一点儿。我当时坚信，世界上永远也不会再有战争了。人类永远也不会再经受这样的残忍和这样的痛苦了。我搞错了。社会似乎没有从其错误中学到许多东西。找你的父母，要他们给你讲讲，他们在报纸上读到了些什么。在爱

尔兰，尽管有了种种和平协定，猜疑和怨恨却依然还一直在分裂着基督徒们，因为他们以不同的方式信仰着爱他们的拯救者。哥伦比亚一直还在流血。一场野蛮地争夺权力和地下资源的战争席卷刚果，至少有6个非洲国家卷进了这场战争。现在你一定会问：所有这些惨无人道的暴行都是为了什么？它们有什么意义？为什么人们不明白，结束暴力和恐怖已是刻不容缓？

　　现在我来告诉你，人们是如何为他们有时所做的恶事辩解的。我们就拿宗教做例子吧。你也许以为，宗教的存在就是为了使人们互相亲近，因为他们都服从同一个神。可遗憾的是，我不得不让你感到失望。宗教完全同样地具有煽动人们互相敌对的情绪，使人们变成嗜杀成性、冷酷无情的怪物的力量。在本书的第二篇文章里，我的朋友西蒙·佩雷斯已经给你讲了很多这方面的事情。也讲了有时成百万的人会以宗教的名义杀人和被杀害。

　　那么，这是否意味着宗教始终就是某种灾

难性的东西，它一直只是让不幸降临我们头上吗？不，我的小朋友，绝不是这样的。只是人们不可以狂热地从事宗教活动罢了。人们必须永远记住：好些道路都能通往上帝。上帝懂得所有的语言。它垂听所有的祷告，既垂听麦加的穆斯林的祷告，也垂听罗马基督徒的或耶路撒冷犹太人的祷告。信教者们只需同意有人隶属于另一种传统信仰，一切事情也就好办了。

然后还有爱国主义。在许多战争中，成百万的人们凭借着对自己国家的爱戴和信念，为保卫祖国而惨遭屠杀。这错了吗？不，爱自己的人民、自己的祖国和自己的家庭是一件好事，这是值得称道的。与侵略者作战、反抗入侵者是每一个人应尽的义务。但是这与宗教信仰一样，这方面的危险也在于无节制，在于狂热。狂热会扭曲最高尚的动机，它甚至使纯洁和美丽的东西变得丑陋。狂热永远为恶魔服务。它为死神服务。

人们能与狂热作斗争吗？人们能希望有一天战胜它吗？我想能的。你看看今天的欧洲！几百年来一直互相视为敌人的各国人民，现在正共同建设着它们的未来。德国和法国永远也不会再为了占领边境这一边或那一边的一小块地区而互相宣战。从根本上说，几乎不再有国境了。今天人们没有护照也能从一个国家进入另一个国家。你知道吗？19个国家曾调集它们的武装力量，在前南斯拉夫阻止独裁者的宗族主义和他的残忍的帮凶们。在几十年前，这些国家中的

某些怀着顽强的必胜信念的人们曾互相争斗过呢。今天它们却成了同盟者。

再说仇恨。人们怎么才能遏制或者甚至完全消除它？首先人们得撕下它的假面具，并发现隐藏在它背后的是什么。这是第一步。其余的一切便迎刃而解了。在某一个时候，人们将会明白，仇恨不仅毁灭对手，而且也毁灭它的始作俑者。说到底，仇恨终究是自我毁灭性的。

甚至还有某种比仇恨更糟糕的事情：如果穿制服的杀人犯杀害了像你这样的儿童或像你父母这样的成年人，而不是因为有什么仇恨，那么这就更糟糕了。他们根本就不是因为愤怒和仇恨而杀人。这确实比仇恨更糟糕。

你年轻，你在上学，读书，看电影。你一定有朋友，你和朋友们谈论许多事情，并制订共同的计划。你们在梦想什么？我希望，在你们的梦境中不会有什么战场上的胜利。相信我吧：真正的荣誉不是在那里可以获得的。战争意味着一切可能的事物，但是荣誉肯定不在其中。它意味着人们有时向你显示的这种种景象：在冷漠的天空下，一个衣衫褴褛的身体；受凌辱的妇女；精神恍惚的、乞讨的人；失去了自己的父母和所有亲人的悲伤的儿童。战争意味着苦难。战争意味着破坏、绝望和死亡。

但是为什么人们在书籍中、在影视里，把战争说成是伟大而壮丽的呢？你会这样问我。是的，人们是这样做的。但是人们再也不应该这样做了。在新的千年里，人们应该歌颂和平、人与人之间的和谐，以及和谐所赐予的幸运。

最后我要给你讲一个故事，你早已知道这个故事：《圣经》故事中描述的那场最早的战争。你记得该隐和亚伯吗？他们是兄弟，然而哥哥该隐竟杀害了弟弟亚伯。为什么《圣经》告诉我们这个可怕的故事？我愿意告诉你为什么：为了让我们知道兄弟之间存在着敌意，因为这是一个应该永远记取的教训：谁杀人，就是杀他的兄弟。

埃利·韦瑟尔(Eli Wiesel)，1928年9月30日出生。罗马尼亚出生的美国作家。作者在儿童年代经历了纳粹对犹太人的大屠杀事件，幸免于难。因为他在为和平和人的尊严作出努力，把个人的关注化为全人类对一切暴力、仇恨和压迫的谴责，1986年获得诺贝尔和平奖。他住在纽约，在波斯顿大学从事教学工作。

为什么印第安人不知道疼痛?

君特·布洛贝尔

不久前,我在纽约市中心见到了一个真正的印第安人。他长着一头蓝黑色的头发,棕色皮肤和一个大鼻子。他站在一盏红色交通指挥灯旁。在高楼大厦的背景下,他看上去总有那么点异样,就像惊险小说里的一个人物。

你一定也喜欢读征服美洲的故事:成群结队的水牛奔走草原,白人在捕猎禽兽获取毛皮、挖掘黄金。他们害怕印第安人,因为印第安人是保卫自己国家的勇敢的武士。有时候,印第安人部落之间在相互争斗。俘虏们被绑在一个刑讯柱上,并受到短刀、箭头和烈火的折磨。然而骄傲的印第安族土人或索伊克斯人却不买敌人的账,他们从不显示出痛苦的样子。当你因一个流着血的伤口,哭着跑到你父亲身边时,你父亲也许开玩笑说:"印第安人不知道疼痛。"

但是，情况并不是这样的。如果什么东西触痛了印第安人，他们和你和我有着完全相同的感觉。即使他们的相貌跟一个美洲白种人或一个非洲人不一样。只不过就是他们能够学会抑制疼痛罢了——就像一个能够坐在一块钉板上的印度苦行僧。你不可以受到表面现象的迷惑。我们人类都是一样的，即使我们的外貌很不一样。黑皮肤或金黄色头发的人与乜斜眼或高颧骨的人一样，都有这种核蛋白。在好几百万年以前，这种核蛋白就已经由大自然为生物创造了出来。当时还根本没有人类。这种核蛋白也对我们人类和其他动物的感觉疼痛负责。

现在你虽然知道，关于印第安人不知道疼痛的这句古老谚语是不对的，但是你还不知道为什么。为什么我们人类都如此相似，并且对疼痛都一样敏感？

你必须这样来想像这件事：我们的身体由许许多多的细胞组成。每一个细胞又有微型的小机器，它们各自完成不同的任务：它们消化养料，它们生产出能量以供给我们的肌肉力量，它们来回递送信息，或清除细胞中它们不能使用的物质。此外，这种小机器不仅存在于人体中，而且也存在于动物、植物和细菌的体内。

也许你才10岁或12岁，但是实际上——你想象——你已经350万岁。也就是说，在那个时候，第一个细胞就开始有生命了。它已经分裂了再分裂，由此而新生的细胞已经组合在一起进行工作——这就产生了第一批很简单的生物，譬如海绵。这是在海里漂游的多细胞体。从它们之中发育成越来越复杂的创造物、植物、动物，以至最终发展成人类。

你是由两个极小的细胞形成的：你母亲的卵细胞和你父亲的精子芽细胞。两个细胞各带一种核蛋白的一半，这种核蛋白已经在生殖时组合成一个整体，由此生成了你的原始细胞。然后这个原始细胞开始分裂。它分裂的次数越多，你便长得越大，开始时还是在你母亲的肚子里，后来就出生了。现在你已经由几十亿个细胞组成，虽然你根本还没有长足。

但是你之所以需要这些众多的细胞,不仅仅是为了也许长成1.80米的个头,而且也因为你的身体由很多不同的部分组成,它们只有在细胞的帮助下才能完成其各项任务。譬如你拥有像心脏这样的器官,它的任务是把血液输送到全身;你有一个大脑,它要计算复杂的算术题;你还有皮肤、头发、指甲,以及诸如此类的组成部分。所有这些身体的组成部分都由细胞组成。

进化的奇迹——人们这样称呼生命自几十亿年前产生以来的这种继续发展——就在于:细胞这样组织起来,以致它们能够完成它们不同的任务。这是如何精确地进行的,这一点我们科学家虽然还没有在整体上完全了解,但是我们正在发现越来越多的细节。譬如我们知道,每一个细胞有一个核,核里有核蛋白。核蛋白由我们从我们的父母那儿继承得来,而我们的父母则从他们的父母、祖父母那儿继承了核蛋白,如此等等,可以一直往上类推。这种遗传信息——这是我们起的名称——由一种化学物质组成,它叫脱氧核糖核酸——由于这个词儿又长又复杂,所以你就必须让人把它读给你听,或者干脆像我们医生那样,把它叫做DNS[①]。DNS看上去大致就像两道互相缠绕在一起的螺旋楼梯,但是它极小极小,小到人们只能借助X射线才能看见它。

为了建造细胞的其余部分——我先前谈及的机器——螺旋楼梯开启,DNS的各个部分翻一番,就像在一台复印机里复印图像一样,

---

① "DNS"为德文,英文为"DNA"。——译注

其中所发生化学变化的过程惊人地复杂。你必须记住的仅仅是：这些酷似者或复制品离开最里面的细胞核，并在外面像一种核蛋白那样确定，哪些以及多少氨基酸被装配进一份蛋白质。你可以把氨基酸想象为一张字母表上的字母，人们可以用这些字母组成不同的单词。氨基酸（字母）的结合，即产生蛋白质（单词、句子、书页、书）。蛋白质蛋白，类似于你的早餐中鸡蛋蛋白的那种蛋白。蛋白质的存在使细胞能够完成任务。在每一个细胞里，大约有10亿个蛋白质——一大堆乱七八糟的计划和命令，你现在一定会这样想。尽管如此，每一个蛋白质却清楚地知道，它为什么存在以及它该干些什么。

原来就像在一座工厂里那样，每一个蛋白质在细胞中均有其极明确的位置。你干脆想象一下一座汽车制造厂吧。大多数蛋白质进行合作从而组成机器。其他的蛋白质呆在装配线上，像装配一辆汽车那样不断地被这些机器加工，直至它们被加工好。在细胞里自然没有地道的装配线，而存在着许多小的斗室，蛋白质在其中依次被加工。因此——这是非常重要的——所有的机器就必须呆在正确的位置上。为了找到这个正确的位置——这一点已由我和我的同事在纽约洛克菲勒大学发现——所有的蛋白质都有一个化学的地址，它粘在它们的头上，像一个信封上的邮政编码那样，将它们送往正确的地点。小斗室的门只在化学密码对头时才开启，别的蛋白质不可以蒙混进门，否则就会产生巨大的混乱。

为什么要这样大费周折？是这样的：不仅细胞内的机器必须合作，而且在一个体内的所有细胞也必须合作。只有当在每一个细胞内一切按计划进行时，这些机器才能与别的机器一道组成一个团队。那些自己在装配线上生产了的蛋白质会在这方面帮助它们。蛋白质中的几个在生成之后从细胞内被吐出来。但是你别以为这些蛋白质失业了。相反，它们的主要工作现在才开始！它们作为信使周游全身，并与别的细胞建立联系。譬如，你感到疼痛了，于是一个细胞就向另一个细胞发出信号，告诉它应该干什么。这时，被吐出的蛋白质就会帮助它。

你在厨房里一定曾经被刀割破过自己的指头。在你受伤的那个

地方，皮肤的神经细胞把一个信息送给大脑："哎哟！"大脑细胞随即立刻给身体发回好几道命令：拿着刀子的手把刀子扔下，在流血的另一只手敷上止血的药物。此外，免疫细胞上路，以便同像脏物这样的入侵者作斗争。所有这些任务都由细胞及其助手蛋白质来完成。手指头被割破之后的过程在所有的人身上都是一样的，印第安人和你也完全是一样的。

如果我们懂得细胞如何工作，我们就能够治疗或治愈疾病。我们举胰岛素作例子吧。这是一种物质，它由身体生成，它的作用是调节人体血液中糖的含量。如果血液中糖的含量太多或太少，就会危及生命。受这个问题困扰的人就是通常人们所说的"糖尿病人"。患这种疾病的人需要补充人造胰岛素。自从我们知道了细胞如何制造和吐出这种胰岛素，我们便在实验室里"雇用"细胞生产这种胰岛素。

可惜在别的疾病方面，我们还没有找到更好的办法。肺纤维性囊肿是一种天生的疾病，得了这种病的人肺部被痰或黏液塞住，并且不再能够自己把自己洗干净。大多数病人活不长，许多人像你现在这样年轻时就死了。对这种疾病负有责任的是一种带乱涂乱写的邮政编码的蛋白质。它不去它自己该去的地方，而是呆在细胞里。

等你长大了以后，人们将会了解到更多的有关细胞如何工作的情况，还能够治愈更多的疾病。也许到那个时候，你自己在这方面也能救助病患，或者研究为什么有些人能够抑制疼痛。关于这方面的情况，我们还知道得不是很多，虽然吐出的蛋白质在这方面也起着一种作用。

无论如何你现在一定已经明白，我们和印第安人以及所有别的民族之间有着许多共同的属性，这些共同属性比起我们之间的差异性要多得多。一切生命和所有别的生命都有亲缘关系——你和我也是这样。所以早在中世纪圣法兰茨·冯·阿西西就正当地称动物为"蛇姐"和"狼兄"。它们跟你的朋友"温内特兄弟"一样，同属我们之中的一份子。

笔录：佩特拉·托尔布里茨

君特·布洛贝尔(Günter Blobel)，1936年5月21日出生。美国医学家。他因为发现对控制细胞内的蛋白具有决定性作用的化学公式，荣获1999年诺贝尔医学奖。他在纽约洛克菲勒大学从事研究工作。

妈妈和爸爸为什么必须上班？

赖恩哈德·泽尔滕

你的父母必须挣钱。人们为什么需要钱，这一点，你每次同你的父母一道去购物时都会看到。人们用钱支付一切人们没有而想要有的东西，即人们所购买的东西。大家都这样做。孩子们也这样做。如果你在学校里想要你朋友的苹果，那你就得为此而给她一点别的东西，或许一支彩色画笔，或许一粒弹子。她给了你什么东西，因此从你那儿得到了什么东西，人们称之为交换。

人们在购买东西的时候，就有点儿像交易。譬如你的母亲去面包店用一个5马克硬币换了一个面包。现在你当然会问，为什么她不干脆给面包师一支彩色画笔或一粒弹子。从前人们也是这么做的。那时渔夫用鱼支付，磨坊主人用面粉支付，农民用鸡蛋或牛奶支付。但是今天不再通行这种做法。人们毕竟不知道面包师愿不愿意要一粒弹子或一支彩色画笔。如果他家里已经有了许多彩色画笔或弹子，他就不愿意用他的面包来换这些东西。于是他就对你的母亲说："你必须给我别的什么东西，我不要彩色画笔，也不要弹子。"如果你的妈妈手头没有什么别的东西，她就得不到面包。由于这种物物交换的做法十分麻烦，所以人们今天用钱支付。面包师会竖起小牌子，上面写着人们想要买的一个白面包，或一个黑麦面包，或一个带麦皮的面包，应该付多少钱。人们称小牌子上写着的数字为价格。一切人们可以购买的东西都有价格。有些东西值很多钱，譬如房屋或船。别的东西只值很少、很少的钱，譬如一只橡皮小熊或一颗纽扣。一艘大船比一颗纽扣更值钱，这是显而易见的，对吗？

但是你想知道，你的父母为什么必须上班。这听起来可怕，但事情就是这样的：他们一再需要新的钱，特别是在月初，因为一到月初，他们的花费就特别多。他们必须为寓所或你们共同居住的房屋付

房租和房款。爸爸也许必须分期支付他的小汽车的贷款。这汽车很贵,他不能一次就付清这笔款子。于是汽车商便向他提议,他可以每个月支付一小部分汽车款,一直到全部款项付清为止。所以你得特别小心,别在车里吃冰激凌,以免到处都溅上污点,因为这辆汽车还不完全属于你们,而是属于汽车商。对别人的东西应该好好爱惜,这些只是顺便说说。月初还有许多别的东西需要付款,譬如你们家的电灯和电视所用的电,或者你们洗澡或煮面条用的水,或者你给你的祖母打电话时用的电话费,这一切都得花钱。这些钱在支出前都得先去挣来。这一点甚至有些成年人也并不完全明白,但是这无所谓。反正你们父母必须上班。

有各种各样的工作。人们制造某种东西,我们说,他们生产某种物品。你们家里的一切物品都是人制造出来的,所以工厂需要有人工作。这些人在工厂或车间干活,他们每天生产某种物品,然后你就能购买这些物品。现在你也许会说,这些物品人们不一定非得出售,人们也可以赠送的嘛。但是,可惜这样行不通。如果你在橱窗前看见一台木制机车,你很想要这台机车,那你就必须付钱买它。现在我来给你解释,为什么是这样的。

制作木制机车的木头生长在森林里,它需要有人去砍伐。干这些活的人就应该得到报酬,因为这就是他的职业。之后,砍下来的树要锯成木块,这也得花钱雇人去做。接着把木块运送到制造木制

妈妈和爸爸为什么必须上班？

机车的工厂，还得再花一笔运输费，这笔钱是付给卡车司机或铁路部门的。最后，玩具工厂里要有工人，他们制造木制机车，在机车上涂漆，将它包装好送往玩具商店，这一切都得花钱。如果玩具工厂厂主把他的木制机车卖给玩具商，他就必须用他为此所得的这笔钱，来支付木头款和制作木制机车的所有的人。

　　你一定能想象到，为了支付这一切款项，人们必须卖掉许多许多的木制机车。过了很久，厂商才能从这些木制机车上挣到比他自己为此而支出的更多的钱。如果他挣到的钱多于他所支出的，成年人就说：他赚了。如果他为制造木制机车支出太多而挣到的却太少，成年人就说：他赔了，因为他损失了钱。玩具厂的厂商必须十分注意，别为买

107

木头花费太多钱。他也必须当心,别让太多的人来制造这些木制机车,因为他都得为这些人支付工钱。如果他卖出的木制机车太少,那么他收入的钱就不够了。他赔钱,就没有能力再支付给他的雇员。也许,他甚至就得解雇他们;于是,这些可怜的人们就失业了。他们挣不到钱,再也不能支付房租,支付电费,不能付钱买所有食物。这时候,国家往往就会给这些人救济一点钱,使他们不至于挨饿。

所以厂商对所有在他那儿工作的人负有重大责任。他必须设法使尽可能多的人买他的木制机车。如果没有人愿意买木制机车了,那他就得想办法制造别的东西,也许是儿童们更喜欢的玩具。由于玩具工厂的厂商能不断地想出儿童喜欢玩的新玩具,所以玩具商店里就有多得不得了的好玩意儿。但是在玩具工厂里工作的,不单单是装配玩具的人,因为必须给玩具商开出账单,也必须给木材供应商开出定单。工人的工作必须有人组织,必须制定计划:人们在下一年,如何才能卖出更多的木制机车。

很久很久以前,大多数人都在农田或园圃里工作,干农业活儿。农民们负责为所有的其他人提供足够的食物。后来建造了工厂,用机器制造产品。于是许多人不再从事农业生产,而是到工厂里干活。后来人们终于发明了本身就能够操纵机器的机器,从此工厂需要的人就不多了。他们往往只照管机器,使它们正常运转。办公室里需要更多的人,人们就到办公室里工作。他们策划广告,以便让更多的人得知玩具工厂的厂商正在大批出售木制机车。他们策划新的玩具，他们考虑，人们如何以更低的成本去制造木制机车，以便赚得更多的利润。所有这些人，也包括你的父母，因为上班工作，所以在月底就挣到钱了。

你的父母挣到的钱和他们所做的工作具有同等的价值。这一点你从干家务活上就知道了。如果你帮忙叠好一条床单，你就因此得到一块糖果。如果你的姐姐为邻居家的草地割草，她便因此得到一个5马克硬币。这很清楚：你叠床单只花了很少的时间，而且这活儿也根本不累。可是你的姐姐割草几乎割了一个小时，而且这活儿也累，所以她干的活报酬也多。办公室里的情形也与此相似。有些人做一种简单而不十分困难的工作，因此所得到的钱就比那些管理人员少，即那些专门负责让别人把一切事情做得正确无误的人。

人们所挣得的这些钱有许多名称。工厂里的工人得到的这些钱叫工资。办公室里的职员得到的钱叫薪金，但是这种薪金人们不是以硬币或纸币的形式得到的。它是通过转账进行的：你的父亲所在的公司在银行里开有账户，公司的全部钱都保存在那里。你的父母也在银行里开有账户。月底公司的钱中有一小部分就会自动汇到你的父母的开户银行，划到你父母的账户上。于是你的父母就能够支付房租和一切其他费用。他们就能够去银行取钱,他们就能够去购物。成年人通常从自动取款机里取钱，他们在上面把某一个数字打进去，

钱就从下面送出来。

开始时我就曾说明，一切人们想要的东西都能购买。这也适用于玩具工厂和现有的所有其他的工厂。一家工厂可以属于一个单独的个人，或一群往往拥有许多工厂的人。可是一家工厂也可以属于许许多多的人。人们称这些共同拥有工厂的人为股东。他们购买了公司的股票。股票是一张纸票，上面印着一个面值，像一张钞票。人们也称这样的股票为有价证券。如果一个人拥有这样一张有价证券，公司的一小部分便属于这个人所有。一家公司的一个股东拥有的股票越多，属于他所有的公司部分也越多。如果公司赢利，他就有权得到其中的一小部分利润，因为公司的一小部分属于他所有。

问一问你的父母，他们是不是也有股票。许多人买公司的股票，因为他们希望公司赚许多钱。如果一家公司赢利很多，行市就上涨，这就是说，股票就涨价。假定你爸爸买了玩具工厂的股票，玩具工厂在此后的一年里，卖出特别多的木制机车，那么爸爸就能以比他买进这些股票时更高的价格将它们卖出。于是爸爸就赚了一小笔钱，他高兴了，因为他可以给你买点好东西了。

有的人通过买卖股票而变得很富，拥有很多的钱。富人几乎什么东西都能买得起：一辆金色的小轿车或一座宫殿，外加一架飞机。可是人们却不能购买世界上的一切东西。有的东西人们是无法买来的，譬如健康和长寿的生命，连世界上最富有的人也买不到活至二百年的寿命。爱情也是不能用钱买来的。要么爱情无价——要么根本就没有爱情。

笔录：扬·维勒尔

赖恩哈德·泽尔滕(Reinhard Selten)，1930年10月5日出生。德国数学家。他因为对特别平衡计划从事的基本研究与约翰·纳什及约翰·豪尔绍尼共同获得1994年经济学阿尔弗雷德·诺贝尔纪念奖。他是波恩大学退休教授。

究竟是谁发明了戏剧?

达里奥·福

幸亏人们不必向你解释什么是戏剧,因为戏剧是一种所有的儿童都知道的东西。这就是他们天天玩的那种游戏,他们编造一些人物和故事,想出一个个角色,把这些角色分配给每一个人,并共同或独自地即席演了起来。这就是戏剧。

只不过是要演出一场戏,人们就得写剧本,背台词。你已经看到了,演戏剧跟你们玩的游戏很相似。儿童们整天在演戏。演员就是把你们儿童的活儿当作职业干的那些人。这就是区别。演员们就是靠干这些工作挣钱。

戏剧是一种宗教上的礼拜式,即一种宗教仪式之类的东西。你想知道这是什么意思吗?我们的祖先洞穴人在还没有定居前靠的是采摘和狩猎为生。他们认为,每一头动物都有一个保护神。每当他究竟是谁发明了戏剧？

们杀死一头动物,或是一只鹿、一只野山羊、一只羊羔,他们就会害怕受到其保护神的惩罚。他们怎么办呢?他们干脆把狩猎野山羊当作游戏来组织。他们戴上山羊面具,和动物一起玩——一场游戏;他们玩着玩着,其中的一头动物突然被杀死。他们认为以这样的方式可以宽慰山羊神,山羊神就不会发怒了。

古石器时代的洞穴里就画着这样的图画。在法国南部比利牛斯山脉的"杜克斯弗雷尔"洞穴里的墙壁上,就画着这样一幅早期人们狩猎景象的画面:一群山羊在吃草,你仔细地看,就会发现,山羊群里有一个扮做山羊、手持标枪的人。他戴着一个面具,身披一张羊皮,给自己涂了颜色,大概他在自己身上也涂抹了粪便,以便散发出山羊的那种气味。他模仿着他所要捕猎的那头动物的动作。他就这样靠近他的牺牲品,你懂吗?私下里却盘算着如何欺骗这头山羊——好让野山羊以为他是它的一个同类——此外,他想用他的游戏来抚慰这头动物的保护神。只有这样,神明才允许他杀死这头动物。这种行为就是宗教仪式。这种用毛皮和动物面具化装的宗教仪式,在世界上许多地方都曾有过。类似的面具、化装和仪式在今天你还可以见到,你想一想狂欢节吧。

古希腊戏剧便是在完全相似的情况下产生的。这大约是公元前2000年的事。在这方面,动物面具化装也总是占有一定的地位。最后动物被参加仪式的人吃掉。如果没有一种宗教仪式,一种神圣的敬神的庆典，这种戏剧算什么名堂呢？"Tragos"，一个希腊词儿，意思是"公山羊"。"Tragdie"（"悲剧"）这个词儿便是这样演变来的。在这个残忍的宗教仪式上，祭神的动物被吃掉，人们喝它的血。"Sündenbock"（"替罪羊"）这个概念也来自于此。这是一头羊，它被挑选出来，并被作为所有人的罪孽的代价。古希腊戏剧就是这样产生的。"Komdie"（"喜剧"），这个表示引人发笑的戏剧的词儿，当然也源出于希腊。

还是回来谈谈游戏吧。在我的剧本《幼儿耶稣的第一个奇迹》里，反映出了玩耍的重要性。在剧中，我讲述了幼儿耶稣与圣母和圣约瑟一起逃亡，最终到达雅法的经历。雅法，这是柚子的出产地。他们在城里寻找落脚的地方，终于找到了一所简陋的小屋住下。约瑟出去寻找工作，圣母当洗衣工辛苦劳作，以养活家庭。幼儿耶稣站在街头,想和孩子一起玩耍。但是他被当作是外国孩子，别人都听不懂他的方言。孩子们推他，嘲笑他。于是幼儿耶稣便决定创造一个奇迹。他发明了一种极妙的游戏：用黏土捏小鸟儿，对着泥鸟儿吹口气，使它变成了一只活鸟儿。这个奇迹突然使所有的孩子都愿意与他一起玩耍，成了他的朋友。他们大家在一起捏出了4个爪的鸟儿，一根小香肠，一条蛇，一条长着12个翅膀的怪蛇，一大堆粪便，最后还有一只猫——幼儿耶稣让它们全都飞了起来！最后，由于城市执政者儿子的到来，破坏了他们的游戏。

于是后人把它作为一个明喻：有权有势的人不喜欢普通的人们，尤其是不喜欢他们展现他们的思想和想象。

《幼儿耶稣的第一个奇迹》是一个古老的故事，我在公元二三世纪有关耶稣生平事迹的古老文献中查找到了这则故事。今天在意大利，还有一些乡镇仍然还在演出类似这些内容的戏剧，即所谓的神秘剧。譬如有一出这样的戏剧，讲述耶稣如何进地狱，在那里杀死魔鬼，将亚当和夏娃救出地狱的故事。

我们演出一场戏，或作一次演出，如果表现的是一个虚构的事件，或许这是我们在电视里曾经看到的事件，这究竟意味着什么？如果你和你的朋友们玩老鹰捉小鸡，玩捉迷藏或小偷和警察，那么这就是即兴演了一场戏，难道不是吗？给每个人分配角色：你演小偷，我演警官，他演警察。现在开演。小偷表演，他如何偷东西，这就是说，他假装这样。警察出现，小偷逃跑，警察喊叫，警察认出了小偷，抓住他，逮捕他并装作要铐住他的样子。

但是今天儿童们常常玩"战争"游戏。你们互相开枪射击，表演飞机飞翔的动作，扔炸弹或发射火箭。你们这样做总是在表演现实，你们表演了你们生活在其中的世界，或者是你们对这个世界的想象。你们在电视中看到战争，所以你们所演的战争跟电视上报道的战争完全一样。

也许你们也演烧房屋和杀人。我们南方是在海滩上表演，扮演这些苦命的逃亡者,如何乘坐橡皮艇从海上来到这里;他们如何被逮捕或淹死。就直接在水上、海上演出。一些孩子扮演海关人员,另一些孩子扮演橡皮艇和船上的人,又有另外一些孩子扮演海员或扮演帮助偷渡者的人,他们得了钱,就把这些绝望的人从波斯尼亚、阿尔巴尼亚或摩洛哥经海路送到意大利。

有无限多的题材。一个很重要的题材自然是家庭。角色被分配给大家:一个孩子演父亲,另一个演母亲,还有一个演孩子。这个孩子挨骂,受到粗暴对待,这就是说,一个孩子所有的全部恐惧被转移到另一个孩子的身上,也许也转移到一个玩具娃娃或一头动物的身上。于是孩子所扮演的这头动物便是替罪羊。你记得吗?"睡吧,别做了,你妨碍我"——后来这孩子挨打,也许他也得到什么礼物。这出戏是所有戏中最美好的!

后来就有了演医生的游戏。有人演男医生或女医生,女医生进屋,脱掉你的衣服,给你洗澡,给你打上一针,给你用油膏擦皮

肤,给你按摩,在肚子上或在屁股上,总是围绕着生殖器。一种很重要的解除病痛的游戏!电视里也常常提供一场新戏的模型。如果播放的电视节目突然受人欢迎,就像在意大利,一部关于希腊诸神的电视系列片那样,于是就突然到处挤满了神,所有的孩子都去扮演赫拉克勒斯、宙斯、阿波罗,当然还有传说中的各种怪物,连同马和亚马孙族女战士。古希腊人的诸神变成了儿童们的诸神!

如果你问我,谁发明了戏剧,那么我就说:这个我用不着向你解释,你已经知道了,你只不过就是不称它为戏剧。孩子们有了不起的道具,能凭空变出一座舞台来。他们用最不像样的东西,用破布、杂物、衣服、动物——任何东西他们都能派上用场。或者利用大自然作舞台——我记得,我们小的时候在森林里造小茅屋,一个人得

在外面站岗。我们在里面互相讲述从电影、图书或连环画册中了解到的故事，并模仿着表演它们。幸好我住在树林边，那里紧挨着马乔列湖。少年时代，我也常在那儿听人讲故事和童话。

所以一场游戏就是一场戏。没有玩耍就没有戏剧。如果儿童不是一开始就玩耍，就不会有戏剧。此外，孩子们看过一场戏的演出之后，就会编造出叫人难以相信的故事。不管他们是在木偶剧院里还是在儿童剧院，或是看了马戏团里的一个小丑，全都一样。譬如我们看了由木偶戏职业演员演的木偶戏后，我们曾自己动手制作木偶。我们仿效着演他们的戏，但是我们改变了它们。我的弟弟8岁和5岁，我10岁，我们把一间旧棚屋当作剧场，和其他的孩子一起演戏，演给别的孩子看。但是他们必须付入场费——不是免费演出！我们已经懂得了这整套方法。我们因此而真正出了名，所有的孩子都愿意来看我们的演出，因为他们感到很开心。

我们偷偷地把我们生活中的事情编进我们的"滑稽木偶剧院"的故事中。譬如我们村里有一个相当令人同情的小偷和酗酒者。由于他害怕他的秘密和花招会败露，所以我们就叫他"Digelnò"。Digelnò是方言，意思是"别告诉旁人！"或者——就像人们一直在做的那样——我们另外编造一些故事。譬如，一个歹徒抢了一个女孩子，因为他要娶她为妻。我们利用旧的文本，将它们改成剧本，让人们在这些剧本里认识自己。我们甚至还含沙射影地把村长作弄了一番。

这都是 10 岁、12 岁的孩子干的！我们做了神奇的事情，在原来的文本中插进熟识的人，这难道不是很有才智吗？

如今，我有时在考虑，儿童为什么能够不费劲地模仿成年人，但是后来，他们自己长大成人了，他们就失去了这种能力。作为成年人，人们就必须反复练习、多方研究，重新学习这门艺术。

在童年时代，诙谐滑稽就曾经起过重要的作用。我们想逗引观众发笑！我想给你讲一件事。我曾经发现，很久以前在所谓的原始民族中间曾有这样一种传统习俗：一个孩子出生时，分娩之神站在这个孩子的身旁。然后给孩子喂奶，孩子在成长，人们和孩子们一道玩耍——然而大家总是盼望着某一个日子的到来。这一天可能在一个月之后，有时一个半月或两个月后才到来。这是一个什么样的时刻呢？

是在这个小孩儿第一次对人们与他所做的这一切哈哈大笑的时候，不是在这个孩子微笑的时候！不，是在这个孩子理解了成年人与他一起完成的滑稽戏并哈哈大笑的时候。所以，才把这一天当作他的生日隆重庆贺！此时分娩女神消失不见了。这就是说，现在这个小女孩或小男孩已经成为一个人了！这意味着什么？智力和理解力在笑的时候产生。大笑是一个信号，它显示出人们对荒唐的事、不合乎情理的事、离奇的事的感受力。所以在这第一场大笑之后才举行这个出生庆典！

本文是蕾娜特·肖吉维茨—黑夫纳与达里奥·福的谈话。她曾将达里奥·福的许多剧本译成德语，其中就有福和他的妻子弗兰卡·拉梅共同撰写的喜剧。

达里奥·福(Dario Fo)，1926年3月26日出生。意大利剧作家。因为表现了"中世纪的杂耍艺人，表现他们抨击权势，重新树立弱者和受侮辱者的尊严"而获1997年诺贝尔文学奖。他在意大利米兰当作家、导演、歌唱家、画家、舞台布景设计师和喜剧演员。

空气是什么?

保尔·克鲁岑

你能在浴缸里把头没在水中多久?我的记录只有大约1分钟。训练有素的职业潜水员能在三四分钟内不呼吸,最多在三四分钟后他们就得浮出水面透气。这究竟为什么?为什么我们不断地吸气呼气?为什么我们不能简简单单地屏住呼吸,并用等量的空气坚持数小时或数天之久?回答是容易的,只要你知道空气究竟是什么。

空气是一种相当滑稽的东西。你看不见它,也抓不住它,连摸也摸不着。然而,你能感觉到它,譬如作为在你耳边吹拂的风,或者作为热呼呼的从你胸中流出来的你自己的气息。空气不是像岩石那样的固体,或像水那样的液体,它是由好多不同的气体组成的。其中的一种气体就是氧气——这一点你一定已经知道了。然而在250年前连最聪明的人也不知道!他们以为,空气由唯一的一种像金或

银的物质元素组成。后来他们开始做实验,纯粹出于好奇。他们用硫酸混合石灰,使混合液直冒烟;他们把盐倒进皂液,熔化锌和铁,并且还试验了种种别的方法,以认识组成我们这个世界的各种物质。你将会在化学课上做类似这样的实验,如果你对此感兴趣,你也许会在家里你自己的小小业余爱好实验室里做这种实验。

225年前一个名叫约瑟夫·普里斯特雷的英国人也是在业余爱好实验室里发现了氧气的。普里斯特雷原本是个牧师,可是他在自

己的业余时间里摆弄化学制品。如果人们把这些不同的物质点燃，它们会怎么样？普里斯特雷把其中的一种物质，一种叫氧化汞的红色粉末放到火上，它就失去了它自己的颜色。与此同时产生一种气体，它可以被接收在一只玻璃烧瓶里。这种气体就是氧气。普里斯特雷发现，如果人们把"他的"这种气体对着蜡烛、木炭吹过去的话，就会使蜡烛燃得更明亮，木炭火着得更旺。此外，他还认识到，这种气体对于生命是必不可少的。他将一只老鼠放到一只玻璃杯里，另外再给了一小份氧气，并用一个盖子将它密封住。然后，他观察这里将会发生什么事，并在他的笔记本上写下了："在普通的空气中，一只发育良好的老鼠，大约可以存活一刻钟。但是，在这种气体中，这只老鼠却活了整整一个小时。"请你别试着去做这个实验，老鼠也有活得美好、长久的愿望啊。

　　幸亏普里斯特雷又把他的试验老鼠放了出来，这只老鼠依然活着。如果他让这只小老鼠在玻璃杯里呆得更长久一些，那么它就会在杯子里窒息死亡——虽然它能吸气，并且甚至已经额外得到了一份氧气。但是——你已经猜想到了——老鼠在呼吸时已经渐渐地消耗了全部氧气。这氧气在老鼠吸气时，经过老鼠的肺部进入到血液里，并且随同血液流到身体的各个部分。今天我们知道，组成老鼠身体——也组成你身体——的小细胞里发生了什么事：氧气在那里被烧掉。当然没有火。这时形成另一种气体，二氧化碳。它在呼气时，从体内涌出来散发到空气中，所以呼出的空气中所含的氧气，少于吸入的空气中的氧气。而呼出空气中所含的二氧化碳，则多于你已经吸入的空气中的二氧化碳。在正常的情况下，你周围总是有足够的新鲜空气，确保你在每一次新的呼吸时，有足够的氧气吸入到你的肺里。在一间密封的房间里，你不得不再次吸入已经被呼出的、含氧越来越少的污浊空气。普里斯特雷的老鼠正是干了这样的事，所以几乎窒息死亡。因此你也绝不可以将一只塑料袋紧紧地罩在自己的脑袋上啊。

通常蜡烛的火焰得不到新鲜空气也会熄灭。你做这个试验很容易：点着一盏煤油灯，将一只空果酱玻璃瓶罩在它的上面。几秒钟之后，灯就会熄灭，因为每一种灯火只在有氧气时才能燃亮——而且还要有足够的像蜡或木材这样的燃料。在你的体内细胞里，虽然既没有蜡也没有木材在燃烧，但有面包和黄油、水果和蔬菜，以及所有你吃了随后在你的胃里研碎的东西。如果你太久没吃任何东西，你体内的燃料就会烧光，你的身体就需要补给。这一点你可以从有饥饿感上觉察到。你不相信你的体内全是小火在燃烧吗？但是这确实是真的。它们虽然没有真正的火焰，因为它们太小了。但是它们能使你保持温暖并给你能量，你行走和潜水、讲话和思维都需要这些能量。这些小火没有氧气就不能燃烧，就不能维持你的生命。所以你必须一再吸入新鲜的空气，以便将新的氧

气输送进你的体内。

除了人和老鼠以外,所有的动物和植物都需要氧气,以便生存。它们也必须呼吸,并以氧气替代二氧化碳。那么空气中的氧气为什么不会变得越来越少,直至什么时候完全不再有氧气呢?因为绿色的植物不断陆续地供给新的氧气——而且比它们自己在呼吸时消耗的多得多。它们通过光合作用实现这一点。胡贝尔教授还将向你详细解释这种光合作用:它们用其叶绿素逮住阳光,把水和二氧化碳(CO_2)合成有机物质,并排出氧气。所以我们应该感谢绿色植物,是它们使空气中永远有足够的氧气。

化学家们已经测出,100个空气微粒中约有21个是氧气。二氧化碳却几乎只有氧气的六百分之一。二氧化碳大致是和氧气同时被英国医生和植物研究者丹尼尔·拉瑟福德发现的。拉瑟福德还发现了另一种气体——氮气。它在空气中占的份额最大,100个空气微粒中就有78个氮气。这种气体在呼吸时不起变化。除了氧气、二氧化碳和氮气,空气中还有好几千种不同的气体,它们的含量十分稀少。譬如氦,人们将它打进气球里,使气球比空气轻,这样它就会自动飘向高空。再譬如水蒸气,它能够聚集成为雨水,从空气中掉落下来。

这些稀罕的"零头气体"中的某些种类的气体,会影响地球上的气候和天气的变化。其中有一种是臭氧,这种臭氧你一定已经听

说过。臭氧是一种特别的氧气;它产生于正常空气中的氧气。臭氧对植物和动物有毒。儿童会因此而患严重的咳嗽。幸亏在我们吸入的空气中,一千万至一亿多个微粒中只有一个臭氧微粒。在离地面10至50公里远的地方,空气所含的臭氧大约多了一百多倍——这是一件好事。因为臭氧微粒在高空中，能挡住阳光中危险的紫外线，并将其俘获，不让它们落到地球上，使我们免于患病。所以我们上空的臭氧层，起着像带紫外线滤光器的太阳眼镜一样的作用。

近年来，臭氧层一直在变薄，而且甚至有空洞。对此负有责任的是一些特殊的化学制品，它们在自然界根本不存在，而是由人造出来的。它们叫含氯氟烃，或简称氟利昂，它们被用做喷射气体或电冰箱的制冷剂。就其自身而言，这些氟利昂没有什么危害。但是，如果它们进入空气，就会向上飘入高空中的臭氧层。它们到达那里将会发生什么事？这已经被我和莫利纳教授（他已经在这本书的前面一章里给你解释了天空为什么是蓝色的）以及别的科学家们发现了。氟利昂在高空中被太阳的紫外光分解为单个成分，然后这些单个成分，就帮助紫外光破坏一个又一个臭氧微粒。这样，每年春天在南极周围地区上空的 12 至 22 公里高处，臭氧全部消失，形成臭氧层空洞，紫外线便通过这个空洞到达地面，它的危险性大大增加。

我们立刻公布了我们的发现。幸运的是，从此，许多国家不再制造新的氟利昂，改用别的化学制品作为替代品。尽管如此，我们大概还得等待50年，臭氧洞才会消失，臭氧层才会恢复到足够的厚度，因为过了这么久以后，才能使存在于空气中的氟利昂气体得到分解。

臭氧不仅起到抵御紫外线侵袭的盾牌作用，而且还有第二项重要任务：它有助于保持地球温暖。它同二氧化碳、水蒸气和其他几种气体一道，截住从地面升向天空的热量，并将其送回地面。这和在一间温室里的情形相似：阳光通过温室的玻璃屋顶，照射到园艺家种植的花儿和蔬菜上。一部分光在地面上变成热射线之后，它们又升向高空。这种热量不能通过玻璃屋顶返到屋外，所以温室内部的空气便逐渐变热。所以即使在冬天，温室里也相当暖和，足以促使黄瓜和西红柿的生长。整个地球的情形就像一间巨大的温室。太阳通过大气层照射到地面，一部分阳光在那里变成热量，然后升向高空。这种热量还没有消失在宇宙中，就被臭氧、二氧化碳、水蒸气，以及甲烷等另外几种气体拦住，并被送回地球。这些气体起到了像温室玻璃屋顶那样的作用。所以我们称它们为温室气体，并称它们所起的作用为温室效应。

有温室气体多好啊！因为没有它们，热量就会消散在宇宙中，地球就会结冰。然而温室气体太多了却会有害健康的——这就像

吃巧克力,吃太多了也不利于健康;温室气体太多也是如此。年复一年确实有大量温室气体,主要是二氧化碳和甲烷进入到空气之中。应该对此负责任的是我们人类,因为我们消耗越来越多的食物和能源。如果我们烧汽油、燃料油和燃气,譬如在取暖和驾驶汽车的时候,二氧化碳就会生成并堆积在空气中。二氧化碳增多的另一个原因是,我们正在将大面积的热带原始森林一片一片地砍伐光。我们对肉类的渴求也有害于气候。今天有13亿头牛分布在全世界的牧场上或牛厩里,它们会在某个时候被宰杀。它们的肚子里生活着甲烷细菌并消化着它们吃下的草。在消化的时候就产生甲烷,这是牛们儿——对不起!——打嗝儿和放屁释放到空气中的。这许许多多的牛、猪和别的家禽制造出来的厩肥坑,也被细菌分解成甲烷。

另外还有几个别的原因,使得温室气体不断增多,并使地球逐渐变热。如果像现在这样继续进行下去,那么100年后气温将比今天暖和好几度。这将足以使地球上北极和南极的冰山融化。融化了的冰水将灌满各大海,而且会湮没许多港口城市和海滨地区。此外,气候也将会改变:在我们德国,冬天将不再这么冷,变得雨多雪少。在世界上的一些地区,洪水会大肆泛滥,在另一些地区的土地——农田和草地会干涸。所以你看到了:如果我们过分改变空气的组成,这将会给我们自己带来严重的后果。

空气不仅决定了 100 年后的气候将会怎样，它每天都在决定着何时和何地下雨或下雪，以及下多少；天气是晴朗还是多云，是热还是冷，刮大风还是没有风。下一回你听新闻时，你注意听一听天气预报："不列颠群岛上空的一个低气压，把湿润而温和的空气引向中欧；冷空气则到达比利牛斯半岛……"天气预报几乎总是谈到空气。因此，天气预报是很难的。精确预报某一个地点的天气，这尤其困难。其实天气只遵循很少几个简单的法则。第一，热空气比冷空气轻，所以热空气上升、冷空气下降。第二，热空气团和冷空气团要互相混合，所以它们互相作相对运动，并生成风。第三，热空气能比冷空气吸收更多的水蒸气，所以热空气一冷却下来，天就会下雨。这其实很简单，对不对？天气的事之所以变得复杂，是因为太阳并不是用它的光使地球均匀地变暖和。在热带，它的阳光最热，所以那里产生温暖、潮湿的空气。热空气先是升高，然后它就向着较寒冷的地区移去，它在那里冷却，并且把它众多的水分作为雨水抖落下来。在某一个日子，某一个地点，天气会怎么样，这还取决于一系列别的因素，譬如是夏季还是冬季，气团在越过海洋上空还是滞留于高山旁边。

所以空气造就天气，使地球保持暖和，截获危险的紫外线，并给你氧气供你呼吸。为了维持生命，你就必须有空气，跟你必须吃和喝完全一样。不过这还不是一切：你也完全可以用空气来玩耍！

你可以用它吹口香糖或肥皂泡,给气球、足球或橡皮艇打气,放风筝、吹笛子和哨子,用麦秆吸管往汽水瓶里吹,吹得汽水咕噜咕噜直冒泡。

笔录:莫妮卡·奥芬贝格

> 保尔·克鲁岑(Paul Crutzen),1933年12月3日出生。荷兰气象学家和化学家。他因为对毁坏臭氧层的气体的研究工作而和M·莫利纳与F·S·罗兰共同获得1995年诺贝尔化学奖。他在德国美因兹的普朗克化学研究所工作。

我为什么会生病？

乔治·维托尔卡斯

你的问题听起来很简单，亲爱的孩子，其实这又是本书里的一个很难的问题，我们成年人也很难回答。最简单的回答恐怕就是：使我们生病的是细菌，是微小的、敌对的生物，它们通过空气或一个伤口进入了我们的体内。这个回答想必你已经从你的老师、你的父母或者甚至从你的儿科医生那儿听说过。随后你也许曾这样想过：如果细菌确实使我们所有的人毫无例外地都生病的话，为什么妈妈由于这些链球型细菌得了大脖子病，而爸爸却没有得病呢？也许你不敢问这件事，其实你完全可以大胆地去问。因为必须有一定数量的细菌才导致了人生病，成年人大概曾这样回答过你的这一询问。我们成年人确实也并不更清楚地知道，为什么你的爸爸也许得肺炎，而你的妈妈却没得，虽然两个人睡在一张床上，细菌毫无疑问地会

从一个人身上游走到另一个人身上。

我们医生其实只知道这么多：如果以下两个因素同时存在的话，人们往往会得病：一种外在的致病的物质——细菌、病毒、毒物——和得病的那个人的内在的易感性；我们也称之为对一种病的素质敏感性。可是许多正规的医生们却忽略了这第二个因素，把注意力完全集中在细菌传播上。他们知道,人一般会产生抗体,一种血液警察,它专门同血液中异样的细菌作斗争。但是他们并不确切知道,为什么患病的人往往产生出太少与特定的细菌或病毒作斗争的警察。

认为疾病是由细菌引起的,这种信念很可能是现代人最大的错觉之一。是啊,我们成年人有时也相信无稽之谈,不过我们这样做时,并不知道这是无稽之谈。整个研究工作以这一信念为依据;科学家、医生,还有工业部门的经理,花费其全部时间、辛劳和金钱去与细菌作斗争。人们不断地寻找和生产新的药品,譬如抗生素。但使用抗生素治病会产生副作用。病人服用抗生素,虽然很快就不咳嗽了,然而抗生素在与咳嗽病毒作斗争的同时,也削弱了免疫系统,而免疫系统是应该产生出各种抗击种种细菌的警察的。一旦警察太少,人们在咳嗽之后不久,就有可能会得其他病,譬如耳朵发炎。

许多医生提出论证:多亏了现代医学,它使世界各地的死亡率都回落了。这就是说,死于100年前还是致命的疾病的人少了。这也是对的。譬如今天死于小儿麻痹症的人少得多了。但是,如果我们往四下里看一看,我们也能发现,许多疾病的传播速度大大加快了。老年性痴呆——这是使高龄老人渐渐忘记一切的疾病——今天几乎像流行病那样蔓延。现在有几百万人患这种病,在最近几年里,越来越多较年轻的人也遭此厄运。如果你的祖父85岁时,什么也记不起来,甚至忘记了你的名字,这是很糟糕的。

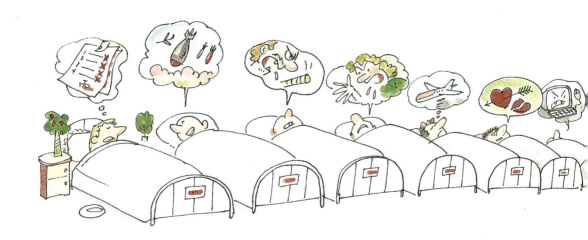

如果你的父亲55岁时就这样,那就更糟啦。另一种估计表明,现在40%的欧洲儿童患有呼吸道疾病。你班上平均10个同学中就有4个呼吸有困难。在最近20年里,一些全新的疾病已经传播开来。不只是艾滋病,对它你还用不着害怕,只要你还没有第一个女朋友或男朋友。但是也许你已经知道班上一个同学患有所谓的注意力亏损症,这完全是一种新的疾病。这些儿童不能集中注意力,他们经常感到忐忑不安,他们胆小怕事,不能学习,有时连话都说不利落。

所以因疾病而死亡的人数确实少了,但是同时却出现了一些完全新的病象和更复杂的疾病。对于这两种现象,人们不可以分开来看。像我这样的顺势疗法的医生至少是这样想的。为什么一个真正健康的人过着充实的生活，也许活到 80 岁，也从不得病。我在高加索见过这样的人，他们离群索居在山区，他们生活在大自然中，在很偏僻的地区，那里还没有或者只有轻微的环境污染，因为没有新的有毒物质，所以也不会产生出过去不曾有过的新的疾病。

如今大多数人生活在一个受到了污染的环境中。我们污染水、土地、动物——并且我们所吃的鱼、肉和蔬菜，也污染了我们自己。疾病首先就意味着一种污染。我们的身体不再干净。我们得病，因为我们已经污染了我们自己的身体。在顺势疗法的诊所里，问题不在于用药物杀死体内的细菌或有害环境的东西。我们认为，抗生素以及别的化学药物只是抑制了症状，却不能真正治愈疾病。一种用抗生素压制下去的伤风，可能不久就会变成耳朵炎而重新发作。可是我们却要使整个人的有机组织，处于让细菌在其中不可能觉得舒服并增多的状态。换句话说，我们试图减少一个病人对细菌的易感性。

200 年前，一个德国人第一次走上了这条道路：他的名字叫萨穆埃尔·哈讷曼，他的药物对急性病，如感冒，对慢性病，如腰背痛，同样都有疗效。我们一直还不十分清楚地知道，这是为什么。那是 1000 多个配方，全都是天然的物质，如白头翁、颠茄、氯化钠、磷、硫、汞。剂量搭配合理，它们就能增强一个病人的生命力。因为顺势疗法医生总是想治愈整个人，包括身体、心灵和精神。如果你向我这样的顺势医疗者提问，人为什么会生病，我就必须先向你解释一下，我对健康的理解。人们如何衡量健康？人们如何确定某人比别人更健康？通常的现代医疗学没有一种这样的解释。我的顺势疗法的定义是：健康意味着一个人在身体、精神、情感层面上的绝对自由。所有这三个层面构成整个人的一个重要部分。我所说的身体层面是指没有疼痛。一个健康的身体，就是自我感觉良好。在精神层面上的健康，意味着不自私自利，即不仅想到自己或自己的朋友或家庭，而且也关心所有的其他人。最后，在情感层面上的健康，意味着摆脱使我们处于从属地位、成为奴隶的那种激情。在一种情况下，这种激情可能是像吸烟这样的嗜好；在另一种情况下，它则可能是一个女朋友，玩纸牌或者甚至顺势疗法本身，简单地说，所有的使我们不再清楚和清醒地思维和行动的激情。

但是这对于疾病的原因来说意味着什么呢？我给你举一个例子：我们的肉体上的身体，一旦吃了有毒的食物就会得病。但是人不光靠吃物质的养料维持生命，他也得为他的精神和他的情感提供养料。中了毒的情感如仇恨、嫉妒、恐惧、抑郁，跟琢磨着如何偷东西、如何损害某个人，或者甚至杀害某个人的中了毒的想法一样，都会使我们生病。这样的想法使我们在头脑中生病，最终在某个时候，也会使我们的身体生病。你觉得这听起来怪里怪气的？别担心，我也有这样的感觉。虽然我已经搞了四十多年顺势疗法。我是一个在战争中长大的孩子,营养不良,我在第二次世界大战中的德军占领时期,失去了双亲,在雅典靠卖香烟和我的妹妹一道艰难度日,我的骨架破碎,椎间盘受到损坏。战后人们想给我动手术,但是由于动手术有瘫痪的危险,我就干脆跑掉了。疼痛一直存在,直至27岁时,我偶然看到哈讷曼的一本书,并学习着进行自我治疗。我15岁时,医生们都判定我活不了几年,但如今我69岁了。

还是回来谈你的问题:身心紧张也是一种污染。情绪上的紧张像细菌那样侵蚀我们的身体。譬如担心在学校里留级,或者——就

我的情况而言——害怕战争。所有的人都有一种患某些疾病的潜在因素。如果你的父母、祖父母、曾祖父母的耳朵易受损害或心脏衰弱，那么很可能你也常常会耳朵发炎或得心肌梗塞。然而，如果你身心不紧张，这种潜在因素也许一辈子都不会发作。在身心紧张的情况下，人的有机组织对病毒和细菌就会敏感得多。譬如谁经常乘飞机，吸入许多飞机里的污浊空气——这就会使身体高度紧张。飞越大西洋后的两三天，人们就有可能因此而得严重的支气管炎。抗生素对于身体来说，也会使人高度紧张，因为它们跟所有化学制品一样，都有副作用，如头痛或腹泻。身体似乎在对我们说：你虐待了我，现在我作出反应！

我的身体有时候也对我说这样的话，然后它就往往用一场流行性感冒来惩罚我。我虽然没吃抗生素，但是像我这样年龄的人，不该如此频繁地外出旅行，否则会影响身体健康的。既然我知道身心紧张会影响健康的，我为什么还这样做？因为我要在我死之前努力做工作，使世人确信顺势疗法的疗效，因为我已经看到顺势疗法能够治愈多少人。

经典的现代医学在治疗方面已经证明是有效的，在治疗很严重的像癌症晚期这样的慢性疾病也有效，它能用吗啡减轻可怕的痛苦。但是，依我看，它并不具有真正的起再生作用的医疗方法和真正治愈一个病患身体的手段。为了真正治愈疾病，我们就必须懂得疾病的机制。疾病是一个十分缓慢的过程，它一年一年地变得严重起来。开始时我们对一种疾病还毫无察觉。在头几天里，一个细菌可能会隐藏在体内。可是一旦被发现，人的体温便会增高，以杀死这些细菌——你发烧了。但是发烧不是疾病本身，这只是一种症状。所以没有哪种疾病是我们在其晚期才看到的那种样子。疾病在早得多的时候就已经开始，表现为对体内的一种不均匀力的反应。一种精神的、唯能说的不均匀力，它逐渐表现为对各种器官的一种干扰。如果我们要最终懂得，我们为什么会生病，那么我们就必须了解在精神层面上的这种能量紊乱。我们必须学会弄懂，不良的思想和不良的情感为什么以及如何影响身体的。这种影响一定很大。这一点古希腊人就已经知道了，他们曾经谈及一个健康身体内部的健康的精神。

在一个理想的社会中，我们一定会更加健康和幸福。如果我们想使我们自己获得健康，那么我们就必须也建立一个健康的社会。在这个社会里，我们像关心我们自己那样关心他人。然而我们却在进行战争，互相争斗、彼此竞争。我们应该像绵羊那样遵循这条既定的路线，即只要我们限制我们自身的侵略性，消除对别人的冷漠态度，这样，我们就能够成为一个健康的人。顺势疗法在疾病的这个源头上着手进行治疗。但是我们的理解力还没有达到像我们的医疗技艺这样成熟的地步。我也不知道，是否我有朝一日会变得聪明

机智,足以对你的问题给予一个最终有效的回答。但是我已经下决心,至少要在自己著述的书中作一番这样的尝试。

笔录:拉尔斯·赖夏尔特

乔治·维托尔卡斯(George Vithoulkas),1932年7月25日出生。他因为在传播顺势疗法方面所取得的成就,而获得1996年诺贝尔替代奖的"正确生活方式奖"于1980年,由雅各布·封·于克斯屈尔创建,他想对"倾向于西方的政治——科学界社会上具有影响的阶层的"官方诺贝尔奖建立一种平衡力量。维托尔卡斯用这笔奖金,在阿洛尼索斯岛上,创办了一所培训世界各地的顺势医疗者的学院。

为什么树叶是绿的?

罗伯特·胡伯尔

　　你已经在高兴地期待着春天到来了吧?大自然又要变得五彩缤纷了:丁香闪耀着紫色的光,蒲公英闪烁着黄色的光,头一批罂粟花发出红光。只有树上的叶子是绿色的,绿色的,还是绿色的。为什么它们不与各种颜色的花朵争奇斗艳呢?唉,它们有更重要的事情要干呢,它们为此而需要它们的绿颜色。

　　这种绿颜色就是叶绿素的颜色。叶绿色能使树木存活和生长,使地上长出新的树木来——而且它们不必吃掉任何别的生物,因为叶绿素能做任何别的颜色都做不到的事情:它把阳光变成电流,从而使纯粹的空气和水变成糖。我们化学家称这一魔术为"光合作用";这是个希腊词儿,意思是"用光装配"。然后这些绿色植物就使这种糖和它们从地下吸取的别的养料结合在一起,并使植物长出新的树

叶、花朵和果实。

为了让你懂得光合作用是如何进行的,我得先给你讲一讲光。阳光充满了颜色,如果你不相信,那么你就拿一根浇灌园地的长橡皮水管接通水流,直接向阳光喷射。这样你就能看到光的众多颜色。这些颜色一个个并排挨着，因为光在水滴里互相分开，并在空中画出一条小彩虹。这条彩虹最外边呈现出红色，接着是橙色、黄色、绿色、蓝色，最里边是紫色——和天空中的那条大彩虹的情形一样。

通常你能同时看到光的全部颜色，所以你觉得它们是无色的。但是，光中一旦缺少了一种颜色，你便会看到一种由剩余颜色组成的混合物。如果全部颜色都缺席，那就像黑夜那样一片漆黑。如果只剩下仅有的一种颜色，那么你也就只能看到这一种颜色了。蒲公英呈黄色，因为它把阳光中的全部颜色都吃掉了——除了黄色以外。叶绿素是绿色，因为它让除了绿色以外的全部光的颜色都消失了。

所以我们的肉眼总是只看到某种事物呈现的那种颜色，而其他的颜色到哪里去了呢？它们变了，而且往往变成热量。你只要想一想红光灯，人们将它们悬挂在洗澡间里，它就能使洗澡间很快地暖和起来。特别热的是紫色的光或紫外线的光，即紫外线。顺带说及，你晒太阳太多而得晒斑，这就是你看不见的这种紫外线造成的。

你现在一定想从我这儿得知，有颜色的光是如何变成热量的吧？那么你就把太阳想象为一个小丑吧，这个小丑不停顿地往四下里抛掷红色、黄色、绿色和蓝色的球。我们科学家称这些球为光子。你

再想像现有的一切事物——花、小汽车、衣服或你的皮肤——充满了小小的跷跷板：每一个跷跷板的一边是空的，另一边放着一个球状物体。如果这个小丑把一个球，一个光子抛向跷跷板的空的一边，所有的球状物体——我们称它们为电子——便跳往空中。每逢一个电子掉下来时，它便总是往空中吹出一点儿热量。

在蒲公英里，当然没有什么小跷跷板，然而确实存在着电子。电子存在于一切事物的内核。一旦光照到这些电子上，并将自己的光子扔到电子上，电子就会上下跳动。在往下坠落时，正如已经说过的那样，电子总是产生少量的热能。叶绿素可以将这种热量——像一座小热电厂那样——变成电流！所以植物中有绿色的叶子，而没有玫瑰红色的或蓝色的叶子。这对于各种植物都是至关重要的，因为叶绿素不会使被光旋转到高处的电子简简单单地回落下来，产生热量并消散，而是叶绿素的微粒将电子抛向其邻近的微粒。这颗邻近微粒截住这些电子，将它们继续传递给下一颗邻近微粒，直到这些电子被使用上为止。这只有在阳光照射下才得以进行，而且快得难以想象，即比一秒钟快10亿倍。别害怕，这时释放出来的电流对你是完全无害的，你感觉不到它。

为了使这种电流不再丢失，它通过叶绿素为它开辟出的这条道路，穿过墙进入树叶内部。化学物质在墙的另一边收到电能，并用它又制成了一种名叫ATP的物质。这种物质非常重要，因为这种物质可以将能量保存起来,就像硬币那样,保存在一只小钱箱里,直至树叶需要它们——譬如给自己做午饭。假定有人给你送鸡蛋、牛奶和面粉,你一定知道,人们是如何用它们做成一块油煎饼的:先把所有的东西用一个搅拌器搅拌,然后将面团在平底锅里煎得松脆可口。然而,这只有在有了供搅拌器和电灶用的电流时才可以进行。树叶的情况与此相似:它们能够完全免费地从大自然中获取空气和水,并且它们知道如何用它们制造贵重的糖。

但是它们也需要能量,以便把各种配料结合起来——提供这种能量的就是 ATP。

你现在会问我,这一切胡伯尔教授是怎么知道的?如果你用放大镜看一片树叶,你就会看见血管、凹槽和结节,但看不见微小的电子和叶绿素微粒。为了看见它们,你就需要一台特殊的显微镜,它能将叶绿素微粒放大一千万倍。如果人们能够将一只足球放大许多倍,那么这只足球就会和整个德国一样大。在 15 年前,我的同事们和我用一台 X 射线的超级显微镜,看见了微小的叶绿素微粒,并且也发现了电子的道路。噢,不完全是这样。其实我们研究的不是树叶,而是细菌,这些细菌和树叶极其相似,也能进行光合作用。

我们为了生存也需要大量的糖以及蛋白和脂肪。但是由于我们没有叶绿素和 ATP,因此不能用太阳能制造能量。我们就必须从食物,譬如从水果、生菜、坚果和其他植物,或者从曾经也吃过某些植物的动物的肉中提取所有重要的物质。你立刻会发现:没有植物是不行的!没有它们,动物和人干脆就会饿死——而且还会窒息死亡!因为连我们生命中必不可少的氧气,也是从植物中获得的。植物在进行光合作用时,用水生成氧气——完全是附带做做,好像是排出废物——并将这氧气交给空气。

在呼吸时,氧气被我们用肺部吸收,并通过血液输送到整个身体的各个部位。你的身体需要氧气。你的身体用氧气将你所吃的一切东西变为能量：这样你就可以踢足球、骑自行车和进行思维。顺便提一下，你的大脑需要特别多的能量。

现在你也许希望我们人类也能在自己的身体内拥有这种神奇的叶绿素，从而能自己制造糖和氧气？但是，这恐怕并不是一件好事，因为如果你往皮下注射叶绿素的话，你马上就会生命垂危。因为仅仅有叶绿素，而没有将它固定住的墙，并且没有ATP，这是极其危险的。这叶绿素只是收集电子，然后就不知道该如何处理它了。那么你的体内很快就会挤满了电子，这些电子就会毁坏四周的一切，从而严重地伤害你的身体。

另外，太多的变得无秩序的电子，也会在完全健康的绿色树叶里胡作非为。如果烈日炎炎，叶绿素就不能足够快地加工这些众多的光能。但遗憾的是，树木不可能像我们这样保护自己，使自己免受阳光暴晒。所以黄色的、橙色的和红色的叶色素便发生作用。它们干脆让多余的电子回落到原来的位置上，致使这些电子的能量，通过热能的形式消散掉，免于造成任何损害。

在整个夏天，这些起防暴晒作用的各种颜色都蕴蓄在树叶里，但是它们的颜色被许许多多的叶绿素覆盖住。它们在秋天里变得尤其重要，因为一棵树在扔下它自己的叶子之前，它早就先将这些宝贵的叶绿素变成各种各样的物质，并将其储存起来供以后使用。随

后树叶的绿色终于完全消退,别的色素就开始呈现出来——所以秋天的树叶闪耀着美丽的黄色、橙色和红色。

笔录:莫妮卡·奥芬贝格

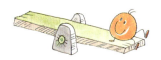

> 罗伯特·胡伯尔(Robert Huber),1937年2月20日出生。德国生物化学家。由于他测定了对细菌的光合作用至关重要的蛋白质复合物的结构,与J·戴森霍费和H·米歇尔共同获1988年诺贝尔化学奖。他在马克斯·普朗克生物化学研究所从事研究工作,并在慕尼黑工科大学从事教学工作。

我如何成为诺贝尔奖获得者?

米·谢·戈尔巴乔夫

亲爱的朋友!

谁想出了这个诺贝尔奖,你知道吗?是瑞典人阿尔弗雷德·伯恩哈德·诺贝尔,他自己就是一位伟大的科学家和杰出的发明家。他发明了人造丝和气焊,但是他的最著名的发明是炸药。他不仅很聪明,而且很能干,他开办了一家属于自己的工厂生产炸药。他将炸药卖到全世界,从而变得很富有。

临终前不久,阿尔弗雷德·诺贝尔有了一个想法:他要立一个遗嘱,在这个遗嘱里规定,在他死后,他的全部巨大财产都用来建立一笔基金。这笔基金的任务是,每年将5个大奖颁给世界上的5名伟大的女人和男人:其中的3个奖,颁发给物理学、化学和生物学或医学领域里,有最重要发现或发明的人。另一个奖,奖励文学作

品——应是"最完美无缺的迈向理想目标的作品"。还有一个奖应该由在地球上的某个地方，譬如在两个一直互相不和或交战的民族之间，缔造了和平的那个人获得。过了很久以后，在1968年，另外又增加了诺贝尔经济学奖，由瑞典国家银行资助，为的是纪念它成立300周年。所有这些奖项都由瑞典科学院颁发，只有和平奖由挪威议会的一个委员会决定。

亲爱的朋友，现在你也许会想，整个儿这件事很奇怪，很矛盾。一个靠炸药、靠一种带来死亡的武器致富的人，向世人奖赏使人类更聪明和更幸福的事物和作品——像阿尔伯特·爱因斯坦的发现相对论或者鲍利斯·帕斯捷尔纳克的长篇小说《日瓦戈医生》。"炸药之王"——这是诺贝尔的同时代人给他的称号——居然也还设立一个诺贝尔和平奖，你大概觉得这十分矛盾。可我觉得这一点儿也不矛盾。阿尔弗雷德·诺贝尔正是一个很有远见的人——他决意在自己临终前，从他自己的错误中吸取教训，这是只有很少的人才能做得到的事情。在发明炸药后的晚些时候，他已经认识到，人类的命运不应该是战争，而应该是和平。就像后来的诺贝尔和平奖得主、天才的俄罗斯物理学家安德烈·萨哈洛夫。起先他属于那些研制了无比残忍的核武器的人之一。然而后来他成为了一名主张核裁军的最顽强、最坚定的战士，他甚至不惜为此付出了自己的健康和自由的代价。

　　我究竟如何成为诺贝尔奖获得者？为了回答这个问题，我也以某种不同的方式来提一个问题：迄今为止，谁成为诺贝尔奖获得者了？让我们举出几个最著名的人物来。你一定已经听到过，或者还将会听到这几个人，譬如在物理课上，你会听到许多诺贝尔奖获得者的名字，像威廉·伦琴的名字——你大概已经知道一台X光透视机是什么——玛丽·居里、尼尔斯·波尔和恩利科·费米的名字。他们全都是——对此没有任何怀疑——现代物理学之父。或者我们看一看另一个科学领域：生物学或医学。与这些学科紧密联

结在一起的人物,他们的名字是:伊万·巴甫洛夫、罗伯特科赫和亚历山大·弗莱明。你读过罗曼·罗兰、萧伯纳、托马斯·曼或海明威的书了吗?如果你没读过,你一定会读的——不仅因为他们自己的伟大作品获得了诺贝尔文学奖,而且也因为这些书确实是伟大的。

噢,这只是几个人的名字。但是我相信,你已经明白我的意思:只有为丰富人类知识宝库作出了一份特殊贡献的人,只有发现了新的在当时一直未知的自然规律,以及发现人们生活和心灵中完全不可想象的秘密的人,才可能成为诺贝尔奖获得者。也就是那些真正为我们大家开拓了新的视野的人。

在迄今的诺贝尔奖获得者中——这一点你现在已经听说了——也有许多给人类带来了和平的政治家和科学家。这一点自然是阿尔弗雷德·诺贝尔想得特别好的:因为再也没有什么比和平更难以理解的了——而对于人类来说,获得和平就更难了。我认识许多诺贝尔和平奖获得者本人。他们全都是了不起的、无私的人。他们不辞辛苦——在世界的各个地方——制止武装冲突,使一直毫无意义地敌对的人们恢复了和平和相互尊敬。这绝不是一件容易和简单的事情,这跟推导一个物理公式或解决一个无法解决的医学难题一样的艰难。一些诺贝尔和平奖获得者为他们的坚韧和高尚品德付出了生命的代价。例如马丁·路德·金或J·拉宾。或者他们历尽磨难,就像纳尔逊·曼德拉，他为反对南非的种族隔离，而献出了几十年的宝贵年华。任何东西，连监狱和迫害，也都没能使他放弃自己的理想。

我不想跟所有的这些人相比。但是，当他们得知诺贝尔奖颁给他们时，这对他们来说跟我一样，一定是一件很意想不到的事。为

什么？因为他们所做的这一切都是为了人类，而不是为了追求赞赏或者甚至表彰。随后人们会对这样一种荣誉感到分外高兴，这是可以理解的。因为这是人们看到我们确实为人类做成了一些事情而感到的那种高兴——尤其是看到人类已经理解了人们自己已经理解了东西的那种高兴。

你想知道吗，我的朋友，我已经明白了什么了？最终不应该再把战争和暴力当作被允许的世界政治的手段，人们不应该用自己的武器威胁任何人。所以自从我当选为（前）苏联共产党中央总书记和当选为（前）苏联总统的那一刻起，对我来说最重要的问题就是：人们能为结束核军备竞赛做些什么？人们如何才能永远防止核灾难？它已经长久地像一把达摩克利斯剑那样悬在人类的头顶。确确实实在我当选的那一天，我就立即着手将我的想法付诸实施，因为第二天早晨就要开始新的一轮苏美限止核武器的谈判。数年来人们坐在一起谈判，结果在行动上却一直没有进展；人们只是为谈判而谈判。所以我声明，最终必须谈出结果来——为了表示出我所说的这些话有多么的认真，我很快就让美国人知道，我们毫不迟疑地单方面表示愿意停止在欧洲部署高度危险的中程导弹。随后便与当时的美国总统罗纳德·里根进行了长时间的书信来往，起先完全是秘密地进行，后来在日内瓦与他会晤。在我们会谈结束时，世界上的武器比在这之前少了许多——直到那时为止，两个因制度不同而一直敌对的国家的相互信任则增加了许多。

　　谁给别人带来和平，谁自己也就得到了和平。这也是我在这几年里获得的一个重要教益。当时，因为只有在世界范围内缓和的前提下，我们才能开始在（前）苏联进行民主变革——改革和公开性。是的，直到今天我都相信这一点：一个现代国家无论如何都必须设法使它本国人民的利益与世界共同体的利益相一致。但是，在长时期内，在我们的国家里一直不是这样的。只是现在我们不再感到受威胁，因为我们已经停止威胁别人，我们才能够接受这样的思想：生活比最好、最完善的计划丰富得多、复杂得多。极权主义曾以一种暴力的形式，把人硬往计划经济的这个框框里套了70年之久。当这种形式宣告结束时，有人在斯德哥尔摩拿起听筒，给我打来了电话。

　　我的年轻的朋友，你现在知道了我是如何成为诺贝尔奖获得者的。也许你也想成为诺贝尔奖获得者吧？如果你真的想获得诺贝尔奖，那么你就一定能。只要你永远保持好奇心，你永远不可以认为一个答案是所有答案中的最终答案——主要是你必须相信人，相信人的革新、团结、诗意的能力。如果你有一天获得了诺贝尔奖，我就带你去参加一个诺贝尔奖获得者们定期举行的会议。于是你和我将在那里与别人一起商谈，我们如何才能使人们更审慎一点儿，使各门科学更具一点儿革命性，使文学更吸引人一点儿；于是你突然就会明白，诺贝尔奖获得者的工作，其实是在人们得到了这个奖之后才真正开始的。

米·谢·戈尔巴乔夫(Michail Gorbatschow)，1931年3月2日出生。(前)苏联总统，(前)苏共中央总书记。他因为克服冷战作出的努力而获1990年诺贝尔和平奖。他住在莫斯科，担任由他创建的"社会经济和政治研究基金会"的主席。

为什么我忘记一些事情，而不忘记另一些事情？

埃尔温·内尔

你昨天午饭吃了些什么？你还记得吗？这也不是什么重要的事情，可是你的自行车的刹车在哪里，这个你一定记住了，对不对？你是在红灯时还是在绿灯时可以骑走，这就应该记得更牢了，因为忘记了这样重要的事情，是要被碾在车轮底下的。

顺便说一句，世上的祖先们早就已经感受到了这一点——即使当时他们还没有小汽车和交通指示灯。他们必须记住对他们来说至关重要的事情。譬如，哪些水果可以吃，或者人们如何才能最有效地防卫狮子。谁不及时学会它和永远地记住它，谁就会饿死或被吃掉。只有那些能够区分重要和不重要事物，并且特别牢固地记住重要事物的人，才幸存了下来。其他的人连同他们致命的健忘干脆就死绝。就这样，在自从有了人类以来的好几百万年里，人类已经被训练成

忘记不重要的事情，而记住重要的事情。

有些事情对所有的人都至关重要，譬如他们知道交通规则，或者能够将蘑菇和剧毒的鹅膏菌区别开来。另一些事情则只对你一个人来说是有意思的，譬如聚会上的那个可爱的男孩儿叫什么名字，或者那家动画片的录像带商店什么时候营业。你在课堂上记住多少，这取决于你的脑子里还在转悠些什么别的事情。此外还要看你对学习是否感兴趣。你不感兴趣的事情，便从一只耳朵进去，而从另一只耳朵出来。你愿意学的，则往往在学第一遍时就记住了；如果你想听懂你最喜欢听的磁带上的歌曲的话，你就一定能够更快地记住英语单词；如果你还是难以记住某些单词，那么你就得一遍一遍地死记硬背——直到它们终于铭刻在你的记忆中。

你有记忆力，这要归功于你的大脑。它由几千亿个神经细胞组成，其中的每一个神经细胞都可能与另外的一千多个有联系。每一个神经细胞传递特定的信息，不过它只和许多别的神经细胞一起，设法让你能够感觉、活动、思考、学习和记忆。一个神经细胞看上去就像一只被压得皱皱巴巴的皮球，许多短的小胳臂和一条长胳臂从其中凸出来。它能用短的小胳臂从别的神经细胞那里接受信息，并用长胳臂传递信息。为此它使用大量的小指头，这些小指头从长胳臂中长出来，伸向相邻细胞的小胳臂。整束整束的长胳臂构成你的神经。听觉神经把各种声音引向你的大脑，触觉神经传递接触的感觉，视觉神经发送图像。经过许多中途停留后,每一种印象抵达大脑中的某一个十分确切的地点:声音抵达听觉中心,接触刺激抵达身体感觉的中心,图像抵达视觉中心。

这听起来简单,实际上却复杂至极。当你观察"老鼠系列"节目中的那头大象时,你的大脑中就有一亿多个神经细胞在忙碌着。其中的每一个细胞都注意着大象的各个极微小的部分:某些神经细胞只受大象的蓝颜色刺激,而对所有别的刺激没有反应;另一些神经细胞受眼睛的白色和黑色部分的刺激;还有一些神经细胞只对所画大腿的垂直线条作出反应;有一些则对标示背部的水平线作出反应;而另一些只在大象移动时才采取行动,甚至有些神经细胞专门注视拱形和棱角。人的大脑中的每一个神经细胞,只有在明确辨认出它的职责范围内的对象时,才会有所行动,并且随后将其继续传送至大脑中位置较深的区域。所有同时抵达的信息在那里像一块拼图板那样被组合起来。所以你看见的不是大象的各个部位,而是它被画上去的那个样子。为了让你认出这个蓝色的玩意儿是一头动画片中的动物,你体内的三十多个专司视觉的神经中心,必须和散落分布在整个大脑的好几个别的神经中心通力合作。

当大象急行、老鼠骨碌碌地转动眼睛时,听觉神经便以相似的方式工作。一些神经细胞只传送低音,另一些则传送高音和最高音。然后这些单个的信息在听觉中心,又被组合成急行和眼睛转动的声

音。但是这还不是全部内容：听觉和视觉中心经常彼此互换信息。这种信息的互换在你的大脑的许多别的区域也在进行着。它们构成一张真正的神经联络网，所以你能同时看到老鼠和大象，听见你自己的笑声，闻到厨房里午饭的香味儿。在你头脑内部最深处的一个地方，有一个拇指般大小的东西，名叫海马，因为它的形状与海洋里的海马动物极相似。它把所有的中心连结在一起，并经常与这些中心交换信息。

如果你经常看"老鼠系列"节目，那么你就会知道，并不是每一次都播放新的动画片；某些片子有时会重播，如果你第二次看到同样的东西，那么同样的神经细胞就会受到刺激，并像第一次时那样，将其信息经由相似的联系渠道传递进大脑。同一个"神经网络"被使用次数越多，它就被编织得越紧：这时单个的神经细胞，就向其相邻细胞伸出更多的指头，并更快地传递信息。如果一个神经网络的细胞互相连结得相当紧密，那么海马就会记住这个网络，并把它记录下来。下一次你脑子里就会闪现出一个念头：哎呀，这个我知道，这个我已经看过了！当你回忆起这一集老鼠动画片时，它便留在了你的记忆中。海马在这方面扮演了一个重要的角色，这是很容易证明的：因为一个人的大脑部位，因疾病或事故遭受损坏，它就再也记不住任何新东西了。虽然他不笨，他却一再地忘记现在是几月份，或者忘记新的邻居叫什么名字。可是他却能够回忆起他儿时经历过的许多事情。对于很久以前的事情的记忆力，原来不在海马里，而是在神经系统里别的地方。

今天我们大脑研究人员把这些想象成这样：当海马将你的记忆中的印象储存到一定的时候，就会将它们交给大脑中的别的区域，这些区域位于你的颅盖下较近处的脑皮层内。这些印象是如何到达那里的，这一点我们还不甚清楚。反正其中的某些印象被你终生保

存在那里。但是这个长期储存器跟一个电脑储存器不一样。一台电脑把每一个文件存放在某一确切位置的硬盘上。这个文件就像电话号码簿上的一个电话号码那样，长期被记录在那里。一台电脑不会忘记任何东西——除非它坏了。如果你将已储存下来的文件，又回放到屏幕上，那么屏幕上面显示的文件丝毫没有改变，跟你将它存放进去时的完全一样。你的大脑则以不同的方式工作。它并不将你所经历过的和学习过的东西，存放在海马内或脑皮层内的某一处地方。它是这样运转的：同样的东西，你见到的、听到的或在学习时试图记住的次数越多，众多视觉和听觉神经与所有别的参与看、听和学习的神经细胞之间的联系就越紧密。如果你现在回忆你所看见过的、听见过的或学习过的东西，那么跟先前你在看、听或学习时那些大致相同的信息，便会牵动这些紧密的神经网络——虽然你的眼睛和耳朵这一回根本就不再参与工作。"大脑储存器"被来自你的感觉器官的信息补充，使其记忆更加牢固。每一次，如果你——有意或无意地——回忆什么事情，原本已经紧密的神经轨道以及它们的联系，便总是再次变得更加紧密一些——而且某种东西越重要，就越紧密。

你可以把乱成一团的神经网络，想象为记在一张草稿纸上的笔记。在这样一张纸条上很快地——譬如在接电话时——写满了密密麻麻的各种单词和图像！一些重要的信息，诸如一个生日庆典在何时何地举行，或者你那位新的女朋友的地址，完全就像在你神思恍惚时乱涂上去的。在这一堆杂乱的不重要的符号的这些重要的备忘笔记消失之前，你又去描摹它们，甚至画上特别粗的线条，这些线条把一切全都覆盖住了。此时你可能会把庆典的日期，或另一则重要的备忘录写错了，或者把每次与你的朋友会面时，都情不自禁地想到的那个逗人乐的素描小人像，完全巧合地画在了她的地址旁边。某种类似于记事纸条例子中的事，也发生在你的记忆之中。有时候你在回想什么事情的时候，会发现一些小纰漏和不确切之处，或者某一个事件，总是唤起你对同时发生而完全不相同的事情，产生同样的回忆。

也许你第一次从收音机里听到你最喜欢听的歌时，你恰好在吃一份冰激凌，于是你每次吃冰激凌时，脑子里便总是响起这个曲调。这两种事物在你的大脑里永远互相连结在一起了，你不会这么快就把它们忘记了。就像一张蜘蛛网那样，只要牵一丝就会使整体颤动。只要一部分神经轨道在传导信息，整个神经网络也会被牵动。这事起先由海马管，以后则由大脑皮层管。你可以在学习时利用这一道理：如果你难以记住什么事物，那你就干脆想一些别的事情，譬如你早已记住并且肯定不会忘记的事物。通过这个"题解本"，你可以使自己回忆起地理课上所学的那些古里古怪的城市名字。曾经让你感到非常高兴、伤心、愤怒或恐惧的印象或经历，将会特别长久和清晰地留在你的记忆中。譬如，如果你深夜在山间的一所小屋里，突然遭遇一场可怕的暴风雨，你躲在被窝里浑身发抖。在经历了这场暴风雨的若干年以后，只要你又在这所小屋里过夜，你就会清楚地回忆起你的这种惊恐的感觉。使你与这个经历和感觉之间建立起强烈的联系的，是紧靠着海马旁边的两个核桃般大小的脑区域，即杏仁核。

　　现在你知道了，你的大脑分成许多个区域，它们承担着某一项任务。我已经向你介绍过视觉和听觉中心，此外还介绍了海马和杏仁核。但最主要的是在一部分大脑皮层中也有许多区域：关于这些区域究竟在干什么，我们还不能清楚地说明。然而可以肯定的是：你需要它们，有了它们，你就能适应于不寻常的环境和陌生的人，就能解决疑难问题和制订计划。只有在它们的帮助下，你才能完成所有这些复杂的工作。这些都表明：你是一个有智能的人，它把你和那些智力较差的生物区别开来。你的大脑皮层里的区域所占的地方，确实几乎是一头黑猩猩大脑里的两倍，比一只猫多9倍。蠕虫或苍蝇根本就没有大脑皮层，因为它们的神经系统结构完全不一样。尽管如此，它们却也受过训练，会区分重要的事情和不重要的事情，并记住重要的事情。哪些树叶是可以吃的，每一条毛毛虫在它还没从卵壳里钻出来的时候，就已经知道这一点。必须躲避强烈日光的曝晒，这一点每一条蚯蚓也都明白。它不知道这些，它也就活不下来。毛毛虫和蚯蚓甚至能够学习简单的事物，并将其记住一段时间。

当你用一根草茎逗一条毛虫发痒时，它就会把头缩进去。如果你接连多次地这样做，它很快就不再对此作出反应：它已经明白，它不会因这根草茎而表现出真正难堪的样子。每逗一次痒，它的神经细胞就造成更多的小胳臂，以便加强各种联系，并将"某种东西在逗我发痒，但没什么事"，这个信息被迅速地送达目的地。

所以一条蚯蚓的神经细胞，跟你的神经细胞完全一样地进行工作。区别就在于，你的大脑能形成多得多的神经网络，它们互相复杂地联通着。你的年纪越大，你的经历和学习就越多，你的神经细胞之间的联系，也就越具有多样性——其中的许多联系持续地形成。作为新生婴儿，你的脑袋里虽然几乎已经有了和你作为成年人将会有的一样多的神经细胞，然而这些细胞之间的种种联系，还远远不是早已全部形成的。许多重要的联系，是在你出生数周或数年之后才产生的。有些神经轨道只有在及时受到激动时才能形成。假如有人在你刚出生后，用一条绷带将你的一只眼睛蒙住两个星期之久，那么你的这只眼睛将永远看不见东西，即使它其实完全健康！因为如果对于视觉必不可少的神经细胞在这个"紧急关头"没有受到刺激，那么它们就不会建立与视觉中心的联系。大脑将使自己适应于永远不利用被蒙住的眼睛。

你16岁时，你的大脑里还在形成新的神经细胞轨道和网络。这简直可以说是一场争夺接触的斗争：经受太少激动的细胞——就

像在被蒙住眼睛的事例里——在萎缩。而经常地经受很强烈的激动的细胞,却能够与一千多个相邻细胞建立联系。它们确保特别重要的信息,尽快地到达大脑中的正确位置,并引起适当的动作、思想、情感和记忆。所以就会发生这样的事情:当交通指示灯显示出红光,你的手就会自动地捏自行车车闸——即使此时你心不在焉,或正沉浸在你的新的爱情中,并且忘记了你周围的一切。

笔录:莫妮卡·奥芬贝格

埃尔温·内尔(Erwin Neher),1944年3月20日出生。德国生物物理学家。他因为与B·萨克曼一起研究基本细胞功能,而共同获得1991年诺贝尔生物学或医学奖。他在格丁根的马克斯·普朗克研究所从事研究工作,并在格丁根大学任教。

为什么有男孩儿和女孩儿?

尼斯莱因－福尔哈德

你有姐妹或兄弟吗？如果有，那么你就会知道，即使你们有着同样的父母，你们兄弟姐妹中的每一个人，都会有一点儿不一样。如果你没有兄弟姐妹，那你就干脆看看你的朋友们：他们一个个也都有点儿不一样。有的蓝眼睛，有的绿眼睛，有的脸上有雀斑，或有一个小酒涡，头发或是金黄色、红色，或是棕色。其中肯定有几个吹牛大家，也许有几个极可爱的人，但也有追求虚荣的人，自以为是的人，胆小如鼠的人，爱好体育运动的人，痴迷读书的人，痴迷马的人。而最大的区别就是，一些是男孩儿，另一些是女孩儿。

为什么所有的人不干脆都一样呢？这不就省事多了嘛！许多人都提出过这个问题，特别是在男孩儿和女孩儿之间、男人和女人之间发生争论的时候。有三个重要的原因决定了无论如何都必须有男

孩儿和女孩儿。第一,为了使男孩儿和女孩儿变成男人和女人,因为只有男人和女人在一起才能生孩子。第二是为了使两个人,即便是兄弟姐妹,也绝不会完全一样。只允许有完全特殊的例外:单卵的双胞胎。第三个,也是最有趣的原因,你待一会儿就会知道,因为我想把最有趣的东西放到最后再说。

如果你机灵,你现在就会问:为什么要有男人和女人才能生孩子?我们生物学家也曾这样考虑过,因为我们知道许多生物,它们不需要任何别的生物参与就可以繁殖,它们完全能够无性繁殖,譬如细菌或酵母菌。你看见过吗，一个加酵母的面团发起来多么快？一团酵母用一些面粉、牛奶和白糖拌和，并保持温暖，仅仅过了11分钟，每一个单个的酵母细胞就会分裂成两个；22分钟以后，就已经是4个了；如果由于你疏忽，把面团搁置了3小时之久，那么每一个细胞就变成了84000多个。只要有足够的面粉和白糖，细胞就会越变越多。酵母细胞边吃养料，边生长、分裂，它们同时将碳酸气释放进面团，并使它膨胀起来。趁它还没比你大，快把这块面团放进炉里烤吧！

  植物也并非一定需要另一种植物才能生育后代。你可以给许多种植物进行所谓的插枝：譬如你拿一根折下的柳枝，并将它放在一杯水里，几个星期后，柳枝上长出了小根——柳儿长成了。如果你将它种在地上，柳枝就会长成一棵树。有些动物的情形也与它相似。你知道透明的海蜇吗？它们在海上飘浮，有时也被冲上海滩。它们的母亲模样完全不一样，并附着在海底。小海蜇们长在它的脑袋上，一长成就脱落。有些蠕虫从自身分离出一个个小段，然后这些小段就变成新的蠕虫。可是蚯蚓就不行，虽然许多人说行。如果把它分成两段，它必死无疑。但如果它丢失了前端或后端的一小段，它就能重新生成。某些蜥蜴妈妈或鱼妈妈也能在没有爸爸参与的情况下生儿育女。就蚜虫而言，"处女"生宝宝甚至是完全正常的事儿。所以你看到了：即使雄性动物和雌性动物没有结合，繁殖也可以进行。

它们这样做甚至还省却了许多辛劳,因为找到一个伙伴不是一件简单的事。

许多动物往往必须为找到合适的伙伴而长途跋涉。伙伴终于被找到了,就先试一试,这个伙伴是不是找对了。往往会没有找对,即使雄性老鼠终于发现了他的雌性老鼠,这始终还没有表明,他是否也会得到她。毕竟还有别的老鼠，它们也许更强壮或更好看，或已经捷足先登了。但是植物不会为寻找另一种植物而行走，所以它们生儿育女就复杂得多：它们用其五彩缤纷的鲜花，引诱来蜜蜂和蝴蝶。蜜蜂和蝴蝶采蜜时，就会黏着一些花粉，在造访别的植物时，便传授给它们，同时也带走新的花粉，如此等等。通过经由飞行动物的复杂途径受精的花朵结出果实，从这些果实里掉落出种子，当种子发芽后，才终于长出小的新生植物。这一切相当麻烦，对不对？

所以对于许多生物来说，完全独自繁衍后代就方便多了。但是这种事情有些棘手，因为在自然界里，所有的同一个母亲、却没有父亲的孩子都长得一模一样。如果所有的孩子跟他们的兄弟姐妹们完全一样，这当然就有点儿令人厌倦；而且这也会很快构成危险，因为如果大家都一样，那么大家也就会对风和天气、对敌人和疾病一样敏感。你可以设想，一个蚜虫妈妈的所有无父亲的孩子，只喜欢喝玫瑰叶汁，别的什么都不喝。只要它们生活的花园里长着足够的玫瑰，这倒也可以。但是如果园丁决定不种长虱的玫瑰而种番茄，那么蚜虫兄弟姐妹们就会饿死——而且大家一起饿死。只有当其中的一些蚜虫除了喝玫瑰汁，也能喝番茄汁、覆盆子汁或荨麻叶汁时，蚜虫家族里才可能有几个孩子存活下来。所以，所有的孩子都不一样，这是至关重要的——不仅对蚜虫而言，而且对所有的生物而言，也

对我们人类而言，都是如此。这种情形就像一座城市里的居民，他们想防偷盗，如果每一所房屋都装一样的锁，那么小偷用一把钥匙就能进入全城的每一所房屋。如果居民们都安装不同的锁，最好经常地换锁，那么居民们就会得到更好的保护。

你已经长过水痘，或得过麻疹、腮腺炎或风疹了吗？某些孩子比他们的兄弟姐妹们更容易传染上这些疾病；某些孩子发烧较多，某些则较少。这都是由于每一个人的免疫系统都有所不同——这是我们科学家，对我们体内的自动防护设备的说法。这个防护设备同一切疾病作斗争，并起到类似一座大城市里的警察那样的作用。如果你的免疫系统不能独自应付咳嗽和发烧，你可以喝止咳药水，吃退烧药片，这样你就可以快些恢复健康。但是对于一些很严重的疾病，可惜研究人员们还没有找到真正有效的药物——譬如对癌症或艾滋病。尽管如此，一些人即使患上这些疾病，其程度也不像别人那样严重；有些人甚至会完全自动康复。迄今为止，还无人知道为什么会是这样的。这很可能是由于这些人的免疫系统干脆就不一样，或者这些人在他们体内别的某些部位与别人不一样。很显然：我们大家相互之间的差别越多，某些人便越有可能找到一条摆脱危险的出路——不管这是什么危险。

只举一个例子：当你的祖父母还在上学的时候，许多儿童疾病，如白喉和猩红热，都会危及生命，因为当时还没有预防针剂，还没有可以同这些疾病的病原体作斗争的药物。许多传染上猩红热的儿童不得不死去——但是也有一些儿童赢得了对病原体斗争的胜利,并存活了下来。

但是究竟是谁,使得每一个人与所有的其他人略有不同的呢?答案是:他们的父母。是父母通过他们的基因,把自己的一部分特性遗传给了孩子们。基因决定我们的外貌长相,决定了我们如何感觉,我们如何长大,以及最后如何死亡。每一个基因完成一项特殊任务:某些基因负责让你的骨骼坚固;另一些基因规定你是蓝眼睛还

是棕色眼睛，又有一些基因规定你能很好地消化像肉和橡皮小熊这样极不相同的东西。每一个孩子分两次获得每一个基因：一次是从母亲那儿（通过卵细胞）获得，一次是从父亲那儿（通过精子芽细胞）获得。母亲和父亲自己的每一个基因各有两套染色体，孩子从母亲那儿继承一个基因的同时，也从父亲那儿继承一个酷似的基因。父母会不会把某一个基因或另一个与其酷似的基因传给他们的孩子，这由偶然因素决定——所以除了单卵的双胞胎以外，没有哪个孩子会带着与另一个孩子完全一样的混合特性来到这个世上。

你不相信吗？那么你就假设，基因是宝石，你的母亲有100颗宝石，50颗黄色的，50颗红色的。你再假设，你可以给你自己从中挑选出50颗。但是你必须闭上眼睛挑选。你将会拿哪些宝石呢？50颗全都是黄的？50颗红的？或者只有一颗黄的，49颗红的？好，你知道了：你将会拿到多少颗红的和多少颗黄的，这根本不能由你自己决定，它取决于偶然因素。你可以接连许多次玩这样的游戏：每一次你都将摸到不一样的黄、红混合。你的母亲把她的基因传给你的时候，发生了与这相似的情形——只不过你不是得到50个，而是大约3万个！由于世界上所有孩子的情形都是这样，所以不会有两个孩子丝毫不差地继承了他们的父母的混合特性。一个婴儿是男是女，这也是由基因决定的，说得精确一些，由一组基因决定；这组基因一同被继承和遗传下去，它叫（确定男女性别的）Y染色体。只有男孩才有 Y 染色体，而女孩没有。由于只有男孩和男人才拥有它，所以以后也只有他们才能将它遗传给他们的孩子。然而所有的男人的精子芽细胞中，只有一半有 Y 染色体，另一半没有。父亲的哪个精子能获得使母亲的卵细胞受精的机会呢？是一个带 Y 染色体的精子还是一个不带 Y 染色体的精子呢？这也是由偶然因素决定的，这跟你必须闭着眼睛挑选黄色和红色宝石的情形极其相似。所以父亲们和母亲们无法决定他们将要生一个女孩还是一个男孩，以及他们的孩子将会有哪些特性。但是有一点是可以肯定的：男人和女人使生活有了情趣。此外，有两种不同的性别，不是只有一种性别，有时这是一件极其令人兴奋的事情。在课间休息玩耍时就显现出来了。

"女孩儿傻。她们只会咏咏地笑，什么用处也没有。"男孩儿们说。"男孩儿笨。没法和他们好好聊天，他们只对小汽车和足球感兴趣。"女孩儿们说。但是并不是所有的男孩儿都是汽车迷，或好打架斗殴的。女孩儿们并不总是愚蠢无聊，而是很好玩，或很机敏，或极其俊俏——这些合在一起，着实让人喜爱。你当然已经知道，如果你认为一个女孩儿(或一个男孩儿)好极了，你会有什么感觉？你想结识对方，同他(或她)呆在一起，却不敢直截了当地这样表示？你想这样说，却一句话也说不出来？这会让人兴奋得不得了！后来你们之中的一个终于说出来了，事情才算了结！相信我吧，我们成年人也是这样。

没有这种感觉,没有爱情,生活就只有一半美好——而这就是为什么有男孩儿和女孩儿的第三个原因。

笔录:莫妮卡·奥芬贝格

尼斯莱因—福尔哈德(Christiane Nüsslein-Volhard),1942年10月20日出生,德国生物学家和生物化学家。她因为对早期胚胎发育机制的研究,而和E·F·维绍斯及E·B·刘易斯共同获得1995年诺贝尔医学奖。她在蒂宾根马克斯·普朗克发育生物研究所从事研究工作。

地球还会转动多久?

谢尔顿·格拉肖

你们想从我这儿知道,地球还会转动多久?这确实是一个好问题,因为当我们能够思考时,我们就一直在考虑这个问题。我自己之所以成为物理学家,仅仅是因为,我在学校里永远也弄不明白地球和月亮究竟在干什么,所以我就决定自己来弄清楚它。现在你们一定要好好留神听,因为我所要给你们讲述的,并非全都很容易理解。连最最聪明机智的人也为你们提出的这个问题,绞尽脑汁而找不到答案。

而我们所知道的则是:地球在绕着自己的轴线转动。轴线是指一条想象出来的北极和南极之间的线,这条线精确地通过我们这颗行星的中心点。一切都在随同地球一起转动,也包括我们人类。当然我们感觉不到这一点,因为地球是如此之大,它的运动在我们看

来就显得缓慢之极。但是，你们能够从每天有早晨和晚上察觉到地球在转动。如果你们和你们的父母所在的地方朝向太阳，这就是白天，如果它避开太阳，这就是黑夜。你们就想想一个玩具陀螺好啦。你们给它必要的推动力，它就会转动。然而和陀螺不一样的是，地球不仅在原地转动，同时还绕着太阳转圆圈儿。仔细看去，这不是真正的圆圈儿，而是一个椭圆。一个椭圆是一条看上去像绕着一个鸡蛋画一圈的线。

现在我们最好想象一下三个球状体：其中的一个是地球，一个是月球，还有一个是太阳。三个球自身都在转动；此外，它们还不停地在所谓的公转轨道上活动着。地球绕着太阳转，转一圈就是一年。月亮绕着地球转，转一圈大约4个星期。太阳绕着银河系的中心转，这个中心是一个大得令人难以置信的空间，太阳、月亮以及所有的星星都在这个空间里。这一转动大约要转25000万年。这个时间长得让我们简直无法想象。你们既然想知道地球还将转动多久，就一定也想知道，这一切是如何开始的，是什么时候开始的。可惜我们之中没有哪个人清楚地知道这些。我们猜测，几十亿年前发生过一次大爆炸：原始爆炸。在爆炸过程中产生了原子，随同这些原子一起也产生了各种物质。各种物质坚固的部分，组成了绕着太阳转动的各种行星。但是太阳究竟是什么时候生成的，这一点我们只能大约地估计，因为这涉及到用我们的时间概念无法理解的一段时间。

我刚才谈到的那些行星，今天我们不再认识它们了。我们只知道它们曾经存在过，因为我们的地球以及晚上你们在天空上看到的所有星星，都是由它们生成的。发生了这样一个过程：原始行星像饼干那样破碎，因为巨大的引力影响了它们。随后尘埃、碎石便在宇宙中呼啸地飞过。所有的这些物质形成团块，这些团块又生成新的形态：卫星、行星或彗星。这三种形态你们都知道：譬如

我们的月球就是一颗卫星,我们所在的地球是一颗行星,而一颗彗星则是由冰物质和其他岩石物质组成,它在宇宙中飞行,你们有时能看见它。

地球为什么绕着自己的轴线转动,这一点我们不知道。地球就是这样转动的,虽然它大可不必为了呆在它的公转轨道上而这样转动。在这里我要再说一遍:在宇宙中有许多我们无法解释的事物。我们知其然,却不知其所以然。许多这样的事物我们也许将永远也理解不了。我以为,人们所以喜欢谈论上帝,一个全能的造物主,他创造了宇宙,包括各种行星,地球上的人类、动物和植物。想到了一种不可抗拒的力量,我们不懂的它全懂,这对我们来说是一种安慰。但总是有很聪明的人,他们研究我们的世界,并且已经发现了某些有关这个世界的秘密。其中的一个人是艾萨克·牛顿。他生活在很久以前

的英国。他曾发现了运动定律：一个坚硬的、固态的物体在作直线运动时，若没有遇到阻力，它绝不会停止运动。一个重要的前提是，这个物体是固体。人们称这个理论为牛顿运动定律，你们一定会在学校里的物理课上学到它的。

你们看，回答你们的问题，不是一件很容易的事。我们先得谈许多别的事情，但是我们已经渐渐地接近我们的目标了：运动受到阻力而停止。一种阻力可能是地面或水，也可能是空气。虽然这些话现在对你们来说，听起来滑稽可笑。你们把手从一辆行驶着的小汽车的车窗伸出去，你们会感觉到什么？正是阻力。譬如每一个球，每一个台球，每一块砖一落到地面上，就停止运动了。但在宇宙中，

  这些东西将永远继续飞行,因为太阳、地球和月球飞行于其中的宇宙,是一个没有空气的空间,其中没有阻力。

  为什么月球绕着地球转、地球绕着太阳转,这很简单,它们互相吸引,像磁铁。从根本上说,你可以把每一颗行星想象为一块磁铁。太阳、地球和月球在理论上将会相向运动,直至它们互相碰上,假如它们不是这样相距无限遥远的话。但是使它们互相吸引的这种引力还不足以做到这一点。月球离地球384400公里,地球离太阳约15000万公里。我们之中没有人能够想象这些距离有多大。但是你们在电视里一定看到过,一个记者从欧洲向美国的一位同事提一个问题。两个人相距十分遥远,得延缓一会儿问题才会传到对方。这只是几分之一秒的时间,但是我们觉察到了,因为这个问题必须旅行,它经无线电通讯达至地球上空飘移到卫星,然后又从卫星传回地面。如果我们向月球上的一个宇航员提一个问题,大约需要延续一秒钟,这个问题才到达月球。而到达太阳则需要延续8分钟,因为太阳离地球太远。

  那么,我们现在知道,地球、月球和太阳一直在继续运动,因为它们在宇宙中奔驰,宇宙中没有阻力。现在事情变得有趣起来了:我马上就给你们解释,为什么尽管如此,地球还是不会永远转动。你们记得牛顿曾经说过,一种运动会无止境地继续进行,如果这是一个坚硬、固态的物体的话。可是我们的地球不硬。你们不妨把它看做是一块夹心巧克力糖，它由好几层组成：一层液态的核，一个中间层，一层外套，一层表皮以及罩在四周的一个外壳——这就是我们上空的空气层；在这个空气层的上方还有宇宙的真空。在空气层中有什么东西在运动，这一点你们知道，因为云在飘动，风在吹拂。此外你们还应该知道，在夹心巧克力糖的各个层面中都存在运动。这种运动部分以相反方向进行，就像地球表面的运动。由于相叠的各个层面在某种程度上可以说是在漂浮、运动和做着极其奇特的事情，所以地球不是刚体。

现在你们只需想着地球的表皮层。我们就是在这一层上运动的，它是我们能够看见的土地和海洋。地球表层是我们的夹心巧克力糖各层中最薄的一层，其中的70%被水覆盖。最大的水面是四大洋，它们有落潮和涨潮。我希望在我继续讲述之前，你们先做一个实验：拿一只大塑料碗，将它装满水并摇晃它。如果你们现在试图移动这只碗，你们就会发现，你们所用的力气要比水在容器里静止不动时更大。

可惜我们的地球在慢慢地耗尽力量，因为它必须带着所有这些因落潮和涨潮而晃动着的水不停地转动，所以它越转越慢。并不是慢了很多，也许每年只慢几分之一秒，但是岁月却因此变长了。所以我们不得不一再地把钟表的指针往后拨。在先前存在恐龙的年代里，地球转动得更快。当时一天只有大约23个小时。在将来的某个

时候,一天将会有 25 个小时,然后 26 个小时,如此等等。所以总有一天,地球会停住不动。现在你们不必害怕,因为还要经过无限长的时间,才会发展到这个程度。但是在这段时间里,月球也会发生一些事情,这种事情同样也起一种作用:它越来越远离地球。它的引力减弱,因为它也自转得慢了。我们向月球发出信号,并等候着信号返回,这样我们就能够把月球与地球的距离测算出来。今天岁月延续的时间比从前长,虽然只长出极微小的一点点,但就是更长了。

所以地球越转越慢,月球越离越远。在我们的未来将会发生什么事情,我们只能想象。我们物理学家认为,月球在脱离它现在的轨道后将重新回归地球。"怎么?"你们现在会问我,"为什么它会转过身回来呀?"你们问得对。但是,尽管如此,这样的事情还是会发生的,因为月球越来越接近太阳,太阳将把它重新送回来。这一点你们还就得信我的,这一切我曾进行过长期的研究,是为了要把它弄懂。现在详细说明这些过程,实在太复杂了。

月球将极其危险地接近地球,巨大的引力将作用于月球,使它破裂。它的所有各个破裂的部分将雨点般地落在地球上,并毁灭世界。你们现在大可不必为你们的家人或朋友担心,因为还得过无数个百万年,事情才会发展到这个地步。我相信到那时,人类早就找到了一个新的宇宙,其中有另一个太阳,另一个地球和另一个月球,人们将会有可能到那里去。这将会在哪里？我不知道。但是我们毕竟还有足够的时间去发现它。

笔录：格哈德·瓦尔德黑尔

　　谢尔顿·格拉肖(Sheldon Glashow)，1932年12月15日出生。美国物理学家。他因为研究阐明了电磁相互作用，而获1979年诺贝尔物理学奖。他在美国哈佛大学任教。

为什么1+1=2？

恩里科·蓬比里

有一天，我家附近一家小商店的老板想出了一个有趣的主意。他将满满的一杯糖果放在他的柜台上，并承诺，谁猜中里面有多少块糖果，就把这一整杯糖果送给谁。由于我是数学家，我当然不愿意只是简单地猜一猜，而是要找出糖果的精确数目。可是怎么找？我试图用肉眼估计，一块糖果大约有多大，糖果间的空间多大以及玻璃杯多大。然后我开始计算。但是，可惜我计算出来的数字，跟大多数其他顾客的数字一样，离正确的数字相去甚远。

我们可以看出一只果盘里放着4个还是5个苹果，但是，如果十几种物品放在一起，我们就不能同时看出来了。我们更不可能一眼就看出，多少块糖果装满整只玻璃杯。我们的眼睛同样也不能测定糖块间的距离，精确度达到毫米之间。只有用专门的仪器才行。

所以我所做的糖果数量的测定试验，没有多大成功的希望。但是它是一个很好的例子，可以说明我们数学家如何着手解决一个难题：我们总是要简化一项任务，办法就是，我们把它化为基本数值和这些数值之间的关系——就糖果而言，就是化为糖果数值、糖果间距离数值和玻璃杯数值之间的关系。知道了这些数值，人们才能精确地计算出糖果的数量。

全部数学探讨的就是这样的关系。这在数数时就已经开始了。虽然数数对于我们来说，是世界上最自然不过的事情，这里面还是有着很重要的原则。数数究意是什么意思？为什么1+1=2？你这样问我。为了明白这个道理，你就必须仔细观察，你在数数时做些什么。你如何数玻璃杯里的糖果？你拿一块出来，把它放在桌上。然后你拿第二块出来，把它放在第一块旁边。如果现在有人问你，你拿出来几块糖果，你当然回答：两块！在数数时我们在想象中概括这两块糖果，并说这是两块糖果。所以我们就写 1+1=2。

从一个物件向两个物件迈出的这第一步是数数的基础，此后便总是这样继续进行下去。你又从玻璃杯里拿出来一块糖果，桌上就放着 2+1 块糖果。所以我们说"3 块糖果"并写 2+1=3。所以数数的意思是从一个数向紧挨着的下一个数前进。这个对数字的原则也可以这样表述：以单位 1 开始，一边数 1，得 2，一边数 1，得 3，如此等等。我们数学家认为 2 是 1 的继数，3 是 2 的继数，如此等等。

因此1+1=2是一个论断,它无非是指2是1的继数。除了继承原则以外,数数时还有别的基本原理。譬如问题不在于你把2块和3块加在一起,还是把3块和2块加在一起。顺序是不重要的。用两种方法你都得到5块糖果。公式是这样的:2+3=3+2。

一旦认识了数数的基本原理,人们就能从中推导出别的原理来。譬如2+3=5随后便成为如我们所说的一个数学定理。这就是说,人们只要应用这些基本原理,就能证明2+3=5。可是这一论证我保留

到本文结尾时再做。

像 2+3=5 这样简单的事情,人们为什么还要去证明,现在你一定会这样问;在这个例子上你的异议也有一点儿道理,因为没有人会认真断言,说 2+3=6。然而经验已经向我们数学家表明,每一个论断,不管是简单的还是深奥的,都应该得到证明,因为已经有几幢高大的理论大厦像纸牌搭成的房子那样倒塌了,原因就是,原以为清楚的相互关系,后来突然被证实是错误的,所以数学是极严格的。每一个不管多么小的步骤都必须有根据,否则一切都有失去控

制的危险。为了不让这种事情发生,数学家们在他们这门科学发展的三千多年的历程中,创造了一种很独特的和精确的语言。多亏有了这种语言,每一个数学家才有可能审查另一个数学家做了些什么。不过这样的一种审查,有时可能很艰难,譬如就有十分复杂的数学证明,它们得写满好几百页呢。

可惜像这样一种高度专门化的数学语言,也有其缺点,外行往往根本就不懂得它在说些什么。连一个专家有时在听同行说话时,也会有这样一种感觉:仿佛他到了另一个国家,而他又不会讲这个国家的语言,因为数学的领域已经变得十分博大,没有哪个人会什么都知道。但是幸亏数学中也有用简单的话语就能表述的问题。譬如:有一个最大数吗,在它之后不再有别的数了?答案是否定的,因为你总是可以又添上一个1,于是你就有了一个更大的数了。所以数字的顺序1,2,3,等等,用我们的话来说,是无止境的。这种数字顺序的无止境性,导致了一些奇怪的现象:譬如大多数极大、极大的数字人们永远也写不下来,即使人们想出了最机智的缩写词。我们简直就是没有这样的材料——在整个宇宙中没有足够的纸和墨水,可以把所有的巨型数字写下来。所以我们对巨型数字的理解力是极其有限的。我们知道有这样的数字,但是我们不能正确地想象它们。

但是数学有趣的问题不只是表现在这些巨型数字上,在微小中也有引人入胜之处。你不妨迅速地将一把尺子拿在手中,你看到:

每一个厘米分成 10 个等份，这就是毫米。这种除法的背后的原则是十进制，我们也用它来写下我们的数字：我们用 0，1，2，3，4，5，6，7，8 和 9 这 10 个数字写所有我们的数字，既写年份数字 2001，也写十进分数 0.33333……，这是 1 除以 3 产生的数。于是每一个毫米就可以——至少在想象中——重新被分成 10 个等份，而这些等份中的每一个等份又可以被分成 10 个等份，这可以没有止境地继续进行下去。你已经猜到了：这个简单的"分成 10 个等份原则"的应用，像在巨型数字上那样，也会很快地把我们引向艰难的问题。

在几个世纪的过程中，数学家们已经学会扩大可以用数字表示的事物范围；他们发现了一个对于数学很重要的原则：我们如何表示某种东西——譬如一个长度，用代数法的 05 还是用几何法的 1∶2，这是无所谓的。就像你的朋友的一张照片不是你的朋友本人，而只是他的一幅图像，一件事物的数学描述，也不是事物本身。然而你却还是由于这种描述而认识了一件事物或一个人，如果这一描述在许多重要方面都正确的话。如果我告诉你：你去问一问人群里那个戴红领带、手里拿着黄书的人，你就知道，我指的是谁。如果我只说，你去问一问那个穿裤子的人，那么这就可能是指许多个不同的人。

所以人们已经渐渐地认识到，数学中的关键不是单个的对象，而是存在于它们之间的各种关系。所谓的数学关系，对象本身是不

重要的。依我看来全部数学的核心就是研究这些关系。如同我们所说的,数学家主要研究这些关系所具有的形态,它们的结构。数学家总是想发现,哪些关系确实是基本的,并适合做别的关系的基石。就像我们在本文开头探究了数字1,2,3等等的结构那样。

在对抽象的数学作了这一短途旅行之后,让我来给你举一个例子,说明不同的对象相互处于同样的数学关系之中。你也许已经在照片上或电视中看见过的土星光环,由绕着土星打转的众多的小岩石块和冰块组成。一百多年前,法国数学家拉伯拉斯仔细观察了这个光环并考虑,它究竟为什么不会分崩离析。拉伯拉斯研究并计算了土星光环的稳定性,找到了今天按他的名字命名的拉伯拉斯公式,这个公式描述一种平衡状态。后来证实,这个拉伯拉斯公式不仅在天文学上起重要作用,而且对建一个造福所有用户的电话网络系统也有重要意义。电话机和土星光环有什么关系,你现在一定在这样想吧?毫无关系!但是描述正常运行的电话网络和土星光环的平衡的数学关系是相同的。它们两者都服从拉伯拉斯公式。

40多年来我一直在探索一个谜。这涉及所谓的素数,即只可被自己或1除尽的数字。2,3,5,7和11是这样的素数,这一点你很快就能自己核对。每一个偶数,除了2以外,都理所当然地不是素数,因为它们都是可以被2除尽的。但是9也不是素数,因为9可以被3除尽。所以除了2以外,素数都是奇数,人们可以证明,这样的素数有无限多。然而素数为什么这样特别有意思呢,你也许在这样想?因为它们是所有数字的基础:每一个数字都是素数的一个产品——这一点古希腊人就已经知道。这就是说,人们可以把每一种数字的乘法化为素数的乘法。譬如25乘33,就等于5乘5乘3乘11。

你还记得,数字1,2,3等等的原则很简单:以1起始,然后总是加1。但是如果人们在素数上寻找一个相似的原则,这就不灵了:以2开始,然后是3,5,7,11,13,17,19,23,如此等等。停留在某一个素数上并寻找下一个素数,就没有可以找到这个素数的清楚的规则。人们自然可以列出一张素数名单:人们审核全部数字并检查,除了被1和自己之外它们是否可以被另一个数除尽。但是这不是规则,而且这也根本不是什么简单的事。你想一想,我方才给你讲过的巨型数字吧。就连碰到一个40位数的"小"巨型数字,你一辈子也列不出这样的名单来。只有挖空心思想出来的计算机程序,可以在不长的时间内,解一道这样的题。所以巨型素数在因特网上,也可以被用做保密数字,如果人们想汇钱的话。由于素数很难被识破,所以它们十分适宜于把信息重新编码。大的素数在日常商务活动中能够起到重要作用,这对于我来说,也是一件意想不到的事情。

然而比有一张素数名单更有意思的却是这样的问题:素数偶然出现在所有数字的次序中呢,还是在这后面隐藏着一种规律?最优

秀的数学家已经长期寻找过这样一种规律。大约在150年前，德国人伯恩哈德·里曼发现了这条规律可能的样子；虽然至今还没有人能证明他的猜想，但是大多数数学家相信这个猜想是对的。然而证明里曼的猜想为什么就这么难呢？这是一个秘密，我也在试图揭开这个秘密；有越来越多的征兆表明，这背后隐藏着某种全新的东西。所以素数问题也被认为是数学的最重要的未解之谜。这样一个让大家费尽心思也猜不破的谜，自然大大地激励着许多年轻人去学会数学语言。人们一旦懂得了这门语言，非同寻常的可能性就会向思维展现出来。当然一切必须具有数学的正确性，但是人们还是相当自由的。像在艺术中那样，一个画家一旦学会了绘画的技巧，他自己就可以决定，他用画笔往画布上画什么，而不画什么。

在数学中什么是技巧，你也许在这样考虑吧？我现在就向你说明这一点，我向你概略地叙述我先前答应要做的证明。论断是2+3=5。为了论证这一论断，我们只须证明2+3=4+1，因为4+1是4的继承者，是5。这件事我们分三个步骤来做。我们知道2是1的继数，即1+1，3是2的继数，即2+1。因而我们可以将2+3写成(1+1)+(2+1)，这时加上去的括号表示先合计括号内的数字。第二步我们用1+1取代还剩下的2(因为2是1的继数)并得到(1+1)+[(1+1)+1]。为了继续进行下去，我们现在还需要另一个适用于数数的基本定理：问题不在于我们如何加括号。这就是说，我们也可

以把 (1+1)+ [(1+1)+1] 写成 (1+1+1+1)+1。这样我们也就已经完成了证明，因为这是 1+1+1+1=4，即 2+3=4+1，并且因此是 4 的继数。

　　许多人不喜欢把什么事情都弄得像这个小小证明这般严格。另一些人则立刻就对这种逻辑思维表示满意。如果你也是这样的人，那么你就挑选一些好书来读吧，这些书特别有意思，并将激励你获取更多的知识——比为什么 1+1=2 还多，因为数学像一座有无数花卉和植物的花园那样丰富多彩。然而你永远也不要忘记：不管这门科学多么美好，它并不就是一切。世界上有更重要的事物，尤其重要的是人性。我本人是一个拥有残疾女儿的父亲。她虽然耳聋而且弱智，却是一个神奇的人。我从她那儿学到的有关生活的知识，比我从童年时代开始至今所学习的全部数学理论还要多。我的女儿是我一生中所遇到的最美好的天使。

笔录：安德雷·贝尔

　　恩里科·蓬比里(Enrico Bombieri)，1946年11月26日出生。因为他对各种数学问题所从事的基础研究工作而获1974年费尔兹奖章。他在美国新泽西州普林斯顿的高级研究学院从事教学工作。费尔兹奖章仅每4年颁发一次，并被公认为数学界的最高奖赏——相当于在数学领域不颁发的诺贝尔奖。

感　谢

您可曾和一位诺贝尔奖获得者谈过话？没有吧？和诺贝尔奖获得者进行交谈，这根本就不是一件简简单单的事情。我因为参与为南德意志报社编辑丛书以及编辑这本书才结识了几个诺贝尔奖获得者。我和他们通了电话，我们互相写了信并交换了电子函件；由于大多数诺贝尔奖获得者都在美国生活和工作，所以，我不得不半夜两点钟起床，与他们进行有关细胞

分裂效果、战争的荒唐或天空的颜色……的谈话。

有一次，我甚至出席了一个名符其实的诺贝尔奖获得者会议。那是在博登湖畔美丽的林道市，在赤日炎炎的夏天，所有的诺贝尔奖获得者都不得不脱下了他们的西装上衣，而他们的姓名牌却都别在了上衣上。当我到达时，他们都已经坐在老饭店"巴特沙亨"的平台上了。他们边吃草莓糕点，边谈论细胞分裂效果、战争的荒唐或天空的颜色……可是人们如何认得出一个没有姓名牌的诺贝尔奖获得者呢？罗伯特·雷德福[①]或麦当娜[②]的脸人人都认得，而埃尔温、内尔、保尔·克鲁岑、理查德、罗伯茨和大多数其他人，因为他们不是叫米·谢·戈

---

① 罗伯特·雷德福：美国电影明星。
② 麦当娜：美国摇滚歌星。

尔巴乔夫或西蒙·佩雷斯，人们就认不出来。

我首先同一个上了年纪的高额头、灰白头发的男人攀谈——他很高兴，可惜他是阿姆斯特丹前波纹纸板厂的经理。他退休后到博登湖畔来度第一个假期。从这时起，我不再认错人了。我也不知道，后来我是根据什么，认出了我们这个时代的这些最聪明的人的。也许是从他们那种相同的眼神吧。诺贝尔奖获得者们是用这样一种眼光来观察世界的：他们的眼光永远向外，但也投向内部深处，它包含某种好奇的成分，却同时很拘谨，几乎内向。

最后他们之中的许多人都说了话。他们愿意试一试。他们愿意对所有这些艰难的问题，即他们已经解决了的问题，再一次作出解释。

感 谢

而这一次要让我们大家都能懂得，也要让儿童们都明白。我想为此衷心地感谢他们。还因为我知道，为了做这件事情，他们要把目光只投向外面，这对他们来说是一种多么大的挑战。这也许会使您感到惊奇：我们的诺贝尔奖获得者们几乎全都谦虚谨慎，并且害怕见传媒。他们不太喜欢在公众场合抛头露面。幸亏聚集在这本书里的作者，尽管如此，还是甘冒这个风险——向我们证明了，像他们这样的人，至少和罗伯特·雷德福或麦当娜一样重要。

此外，我还要感谢所有参与促成这本书出版的每一个人。我感谢作家们（尤其是莫妮卡·奥芬贝格、佩特拉·托尔布里茨和安德雷·贝尔），他们与诺贝尔奖获得者们合作，并完成了最后的文本。我感谢克里斯蒂安·凯默林和施特凡·莱姆勒，是他们创议搞这个项目的。我感谢主任编辑克劳斯·朗格，他认真阅读并审校了每一篇文稿。我感谢卡尔尼克·格雷戈里安，他不知疲倦并总是心情愉快地进行调查研究。我感谢加布里拉·黑尔佩尔和他的小儿子约尼，约尼向诺贝尔奖获得者们所提出的孩子气的问题，始终都是最好的问题。我尤其要感谢南德意志报社的这个工作小组的全体成员，没有他们，这本书是决计搞不成的。

贝蒂娜·施蒂克尔

汉堡，2001年7月